Anna Katharine Green

Thomas M. Meine

Der Doktor, seine Frau und die Uhr

Nach dem Roman
The Doctor, his Wife and the Clock
von Anna Katherine Green, erschienen 1895 bei
G.P. PUTNAM'S SONS, New York und
London

**Bibliografische Information der
Deutschen Nationalbibliothek**

Die Deutsche Nationalbibliothek verzeichnet diese
Publikation in der Deutschen Nationalbibliografie;
detaillierte bibliografische Daten
sind im Internet über http://dnb.dnb.de abrufbar.

Herstellung und Verlag:
Books on Demand GmbH, Norderstedt
Auflage 2
Februar 2021
ISBN 9 783753 401515

INHALT

Kapitel	Seite
I.	7
II.	48
III.	93

DER DOKTOR, SEINE FRAU UND DIE UHR

I.

Am 17. Juli 1851 gab es eine Tragödie, die eine ziemliche Aufregung in einer der Residenzen in der Kolonnade am Lafayette Place [Lower Manhattan, New York] verursacht hatte.

Mr. Hasbrouck, ein bestens bekannter und höchst respektierter Bürger, wurde in seinen Räumen von einem unbekannten Attentäter angegriffen und erschossen, noch bevor Hilfe zur Stelle war. Sein Mörder entkam.

Das Problem, das sich der Polizei stellte, war, diese Person zu identifizieren, die – entweder durch glückliche Umstände oder durch höchst bemerkenswerte Voraussicht – keinerlei Spuren hinterlassen hatte oder irgendeinen Hinweis, dem man hätte folgen können.

Die ganze Sache wurde einem jungen Mann namens Ebenzer Gryce zur Untersuchung übergeben, und die Geschichte, die er erzählte, ist wie folgt:

Als ich kurz nach Mitternacht zum Lafayette Place kam, sah ich, dass der ganze Block vom Anfang bis zum Ende beleuchtet war. Mehrere aufgeregte Männer und Frauen standen in den Türen und starrten hinaus, und ihre Schatten vermischten sich mit den großen Säulen, welche die Vorderseiten dieses malerischen Blocks mit seinen Wohnungen schmückten.

Das Haus, in dem das Verbrechen begangen wurde, war ziemlich in der Mitte der Reihe. Lange bevor ich dort ankam, hörte ich aus mehreren Quellen, dass der Alarm in der Straße zuerst durch das Kreischen einer Frau ausgelöst worden war und dann durch die Rufe eines alten Dieners, der halb angezogen am Fenster des Zimmers von Mr. Hasbrouck erschien und »Mord! Mord!«, rief.

Als ich aber über die Türschwelle ging, war ich erstaunt über die Dürftigkeit der Fakten, die ich von den Bewohnern selbst herausbekommen konnte. Der alte Diener, der als Erster sprach, konnte mir nur die folgenden Angaben im Hinblick auf das Verbrechen machen:

Die Gemeinschaft, die aus Mr. Hasbrouck, seiner Frau und drei Bediensteten bestand, hatte sich zur üblichen Zeit und unter den gewohnten Modalitäten zur Nachtruhe zurückgezogen. Um elf Uhr wurden alle Lichter gelöscht, und der gesamte Hausstand hatte geschlafen, ausgenommen vielleicht Mr. Hasbrouck selbst. Als Mann mit großer geschäftlicher Verantwortung wurde er immer wieder von Schlaflosigkeit geplagt.

Mrs. Hasbrouck wurde plötzlich aus dem Schlaf aufgeschreckt. Hatte sie die Worte geträumt, die ihr in den Ohren klangen, oder wurden diese wirklich gesprochen? Es waren scharfe, kurze Worte voller Schrecken und Drohungen. Sie hatte sich fast schon damit abgefunden, dass sie sich diese nur eingebildet hatte, als von irgendwo in der Nähe der Tür ein Klang kam, den sie weder verstehen noch deuten konnte, der sie aber mit unbeschreiblichem Schrecken erfüllt hatte. Sie war unfähig zu atmen oder auch nur ihre Hand nach ihrem Mann auszustrecken, von dem sie annahm, dass er neben ihr schlafen würde.

Schließlich kam ein weiterer, seltsamer Klang, von dem Sie sich sicher war, dass sie sich diesen nicht nur eingebildet hatte. Er brachte sie dazu, den Versuch zu unternehmen, sich zu erheben, als sie mit Schrecken feststellte, dass sie allein im Bett war und ihr Mann nirgends in Reichweite.

Nunmehr von etwas mehr erfüllt als nur nervöser Unruhe, sprang sie aus dem Bett und versuchte, mit fieberhaften Blicken, die sie umgebende Dunkelheit zu durchdringen. Die Jalousien und Fensterläden waren aber von Mr. Hasbrouck sorgfältig verschlossen worden, bevor er sich zur Bettruhe begeben hatte, sodass ihr das nicht möglich war.

Sie wollte schon fast vor Schreck auf den Boden sinken, als sie ein leises Keuchen von der anderen Seite des Zimmers hörte, dem ein unterdrückter Schrei folgte:

»Mein Gott! Was habe ich getan!«

Es war eine seltsame Stimme, aber noch bevor sie die in ihr hochkommende Angst in einen Schrei der Bestürzung Luft machen konnte, vernahm sie den Klang von Fußschritten, die sich entfernten.

Sie lauschte und hörte, wie die Schritte die Stufen hinuntergingen und hinaus durch die Haustür.

Wenn sie gewusst hätte, was passiert war – wenn sie sich im Klaren gewesen wäre, was in der Dunkelheit auf der anderen Seite des Raums lag – kann man annehmen, dass sie sich beim Klang der sich schließenden Haustür sofort auf den Balkon begeben und einen Blick auf die flüchtende Person geworfen hätte.

Aber ihre Unkenntnis darüber, was auf der anderen Seite des Zimmers verborgen war, hielt sie wie erstarrt fest. Man weiß nicht, wann sie sich wieder bewegt hätte, wäre nicht in diesem Moment eine Kutsche am Astor Place vorbeigefahren. Dies vermittelte ihr ein vertrautes Gefühl, das den Bann in ihr brach, damit sie wieder die Kraft hatte, das Gaslicht anzuzünden, das sich in ihrer Reichweite befand. Als der plötzliche Lichtschein den Raum erhellt hatte und mit einem Schlag die alten, vertrauten Wände und Möbel offenbarte, fühlte sie für einen Moment, dass sie von einem schweren Albtraum erlöst wurde und zu der gewohnten Wahrnehmung der Dinge zurückgekehrt war.

Im nächsten Moment aber kam ihr vorheriges Grauen zurück. Sie empfand eine in ihr bebende Angst bei der Vorstellung, um das Fußende des Betts herumzugehen, damit sie in den Teil des Zimmers gelangt, der noch vor ihren Augen verborgen war.

Es war die Verzweiflung, die in großen Krisen kommt, die sie schließlich aus ihrem Versteck getrieben hatte. Sie schlich sich langsam vorwärts und warf einen Blick auf den Fußboden vor ihr. Sie fand dort ihre schlimmsten Befürchtungen bestätigt, als sie dort den toten Körper ihres Mannes sah, der hingestreckt vor der offenen Tür lag, mit dem Loch einer Kugel in seiner Stirn.

Ihre erste Regung war zu schreien, aber ihre Willensstärke gab ihr die Kraft, sich zusammenzureißen. Sie läutete hektisch nach der Dienerschaft, die in der obersten Etage des Hauses schlief und rannte zum nächsten Fenster, um es zu öffnen. Die Fensterläden waren aber von Mr. Hasbrouck so gut verriegelt worden, in seinem Bemühen, Licht und Lärm auszuschließen, dass der flüchtende Mörder von der Straße verschwunden war, bevor es ihr gelang, sie zu öffnen.

Krank vor Leid und Schrecken trat sie in den Raum zurück, gerade als die drei vom Dienstpersonal die Treppe herunterkamen. Als sie an der offenen Tür erschienen, zeigte sie auf die leblose Gestalt ihres Mannes, und dann, als sie plötzlich das Unheil, das über sie gekommen war, in seiner Gänze realisierte, warf sie ihre Arme in die Luft und sank bewusstlos zu Boden.

Die beiden Frauen eilten ihr zu Hilfe, und der ältere Butler, der über das Bett hinweggesehen hatte, sprang hin zum Fenster und schrie seinen Alarm auf die Straße hinaus.

In der Zwischenzeit wurde Mrs. Hasbrouck wiederbelebt und der Körper des Hausherrn ordentlich auf das Bett gelegt. Es gab aber weder eine Verfolgung des Täters noch irgendwelche Nachfragen, die mir bei meiner Suche nach der Identität des Attentäters hätten helfen können.

In der Tat schien jeder, sowohl im Haus als auch außerhalb von der unerwarteten Katastrophe wie betäubt gewesen zu sein. So konnte keiner von ihnen einen Verdacht äußern, was den vermutlichen Mörder betraf, und ich hatte somit eine sehr schwierige Arbeit vor mir.

Ich begann das übliche Prozedere, indem ich den Tatort untersuchte.

Ich fand nichts im Zimmer oder am Körper des Toten selbst, was mir den geringsten Hinweis hätte geben können, über das hinaus, was ich bereits wusste.

Dass Mr. Hasbrouck aufgestanden war, als er ein Geräusch gehört hörte und dass er erschossen wurde, noch bevor er die Tür erreicht hatte, waren offenkundige Tatsachen. Es gab aber nichts, was mich hätte weiterbringen können. Schon die Einfachheit der Umstände allein, bedingte einen Mangel an Anhaltspunkten, wie ich es noch nie erlebt hatte.

Meine Suche in der Vorhalle und die Treppe hinunter offenbarte nichts, und eine Untersuchung der Riegel und Stangen, die zur Sicherung des Hauses dienten, zeigte mir deutlich, dass der Mörder entweder durch die Vordertür gekommen war oder sich bereits im Haus versteckt hatte, als es für die Nacht verschlossen wurde.

»Ich werde Mrs. Hasbrouck mit einer kurzen Befragung belästigen müssen«, sagte ich daraufhin zu dem alten Butler, der mir wie ein Hund durchs Haus gefolgt war.

Er hatte keine Einwände, und nach ein paar Momenten wurde ich zu der soeben zur Witwe gewordenen Frau gebracht, die ziemlich alleine in einer großen Kammer im hinteren Teil saß.

Als ich über die Türschwelle ging, schaute sie hoch und ich nahm ein feines und schlichtes Gesicht wahr, das keine Arglist zeigte.

»Madame«, sagte ich, »ich bin nicht gekommen, um sie zu stören. Ich werde nur zwei oder drei Fragen stellen und sie dann in ihrer Trauer alleine lassen. Mir wurde gesagt, dass man einige Worte von dem Mörder hören konnte, bevor er den tödlichen Schuss abgab. Konnten Sie diese deutlich genug hören, um mir zu sagen, wie diese waren?«

»Ich war im Tiefschlaf«, sagte sie, »und habe geträumt, als ich dachte, dass eine grimmige Stimme von irgendwo irgendjemanden anschrie: »Ah, *mich* haben Sie nicht erwartet!«

»Ich wage aber nicht zu sagen, dass diese Worte wirklich zu meinem Mann gesprochen wurden, denn er war nicht jemand, der Hass auf sich zieht. Nur ein Mann in extremer Leidenschaft könnte solch einen Ausruf in einem derartigen Ton ausrufen, wie er mir noch im Gedächtnis klingt in Verbindung mit dem tödlichen Schuss, der mich aufgeweckt hatte.«

»Dieser Schuss kam aber bestimmt nicht von einem Freund«, argumentierte ich. »Wenn der Attentäter, wie es diese Worte beweisen, ein besonderes Motiv gehabt hatte, diesen Anschlag auszuführen, dann hatte ihr Mann einen Feind, obwohl sie so etwas niemals erwartet hatten.«

»Unmöglich!«, antwortete sie mit fester Stimme und in einem höchst überzeugenden Ton. »Der Mann, der ihn erschossen hat, war ein gewöhnlicher Einbrecher. Und weil er durch seinen ungewollten Mord in Panik geraten war, ist er geflohen, ohne nach Beute zu suchen. Ich bin sicher, dass ich ihn vor Schreck und mit einem schlechten Gewissen ausrufen gehört hatte: 'Mein Gott! Was habe ich getan!'«

»War das, bevor sie um das Bett herumgegangen sind?«, fragte ich.

»Ja«, sagte sie. »Ich hatte mich nicht von der Stelle bewegt, bis ich hörte, dass sich die Haustür geschlossen hatte. Ich war durch meine Furcht und das Grauen wie gelähmt.«

»Ist es gewöhnlich so«, sagte ich, »dass Sie an ihrer Eingangstür nur der Sicherheit des Riegelschlosses vertrauen? Man hat mir gesagt, dass der große Schlüssel nicht gesteckt hatte und der untere Riegel nicht vorgeschoben war.«

»Der untere Riegel an der Tür wurde niemals vorgeschoben. Mr. Hasbrouck war ein so guter Mensch, dass er niemandem misstraute. Das große Schloss war auch nicht abgeschlossen. Der Schlüssel hatte nicht mehr gut funktioniert und er hatte ihn deshalb vor einigen Tagen zum Schlosser gebracht. Als dieser ihn dann nicht zurückgebracht hatte, lachte er nur und sagte, dass niemand jemals daran denken würde, an seiner Eingangstür herumzuspielen.«

»Gibt es mehr als einen Nacht-Schlüssel zu ihrem Haus?«, fragte ich dann.

Sie schüttelte mit dem Kopf.

»Wann hatte Mr. Hasbrouck seinen zum letzten Mal benutzt?«, fragte ich.

»Heute Nacht, als er von einem Gebetsabend nach Hause gekommen war«, antwortete sie und brach dabei in Tränen aus.

Ihr Leid war so deutlich zu sehen und ihr Verlust noch so nahe, dass ich zögerte, sie mit weiteren Fragen zu belästigen.

Ich ging also zurück zu dem Schauplatz der Tragödie und von dort raus auf den Balkon, der an der Vorderseite entlangging. Es kamen mir dort sofort leise Stimmen ans Ohr. Die Nachbarn auf beiden Seiten hatten sich vor ihren eigenen Fenstern versammelt und tauschten Bemerkungen aus, wie sie unter solchen Umständen normal waren.

Ich hielt pflichtgemäß inne und hörte zu, erfuhr aber nichts, was es wert gewesen wäre, festgehalten zu werden.

Ich wäre sofort wieder ins Haus hineingegangen, wenn ich nicht durch die Erscheinung einer sehr anmutigen Frau beeindruckt worden wäre, die zu meiner rechten stand. Sie hielt sich an ihren Ehemann fest, der in einer seltsamen und unbeweglichen Art auf einen der Pfeiler vor ihm starrte. Dies hatte mich erstaunt, bis er versucht hatte, sich zu bewegen, und ich dann sah, dass er blind war.

Sofort erinnerte ich mich, dass in dieser Reihe ein blinder Arzt wohnte, der gleichermaßen für seine Kenntnisse als auch für seine ungewöhnliche persönliche Ausstrahlung berühmt war. Mit großem Interesse, nicht nur wegen seines Leids, sondern auch an der Sympathie, die seine junge und anhängliche Frau ihm gegenüber bekundete, blieb ich ruhig stehen, bis ich sie in sanften und liebevollen Klängen sagen hörte:

»Komm rein, Constant, du hast morgen schwere Aufgaben vor dir und solltest ein paar Stunden Ruhe bekommen, wenn es möglich ist.«

Er kam aus dem Schatten der Säule heraus, und für eine Minute konnte ich sein Gesicht erkennen, als das Licht der Lampe voll auf ihn schien. Es war ein Gesicht wie von einem Adonis – und genauso weiß.

»Schlafen gehen?«, antwortete er ihr in den gesetzten Tönen eines tiefen, aber unterdrückten Gefühls. »Schlafen gehen mit einem Mord auf der anderen Seite der Wand?«

Er streckte wie benommen seine Arme aus, was den in mir steckenden Schreck noch verstärkte, den ich wegen des kürzlichen Verbrechens in dem Raum hinter mir fühlte.

Als sie seine Bewegungen sah, nahm sie eine seiner herum tastenden Hände in die ihre und zog ihn sanft zu sich.

»Hier entlang«, drängte sie ihn und führte ihn ins Haus. Sie schloss das Fenster und zog die Jalousien herunter, und die Straße erschien nun dunkler nach dem Verlust ihrer erlesenen Anwesenheit.

Das mag abschweifend klingen, aber ich war zu dieser Zeit ein junger Mann von dreißig Jahren und sehr von der Schönheit der Frauen beeindruckt. Ich ließ mir deshalb viel Zeit, vom Balkon zu gehen und nahm mir fest vor, etwas über das bemerkenswerte Paar herauszufinden, bevor ich das Haus von Mr. Hasbrouck verlassen würde.

Die Geschichte, die mir erzählt wurde, war sehr einfach. Dr. Zabriskie wurde nicht blind geboren, sondern es geschah nach einer schweren Krankheit, die ihn niedergeworfen hatte, kurz nachdem ihm sein Diplom überreicht worden war.

Statt sich solch einem Gebrechen zu beugen, was die meisten Menschen entmutigt hätte, gab er seinem Wunsch Ausdruck, in seinem Beruf tätig zu werden. Bald wurde er darin so erfolgreich, dass er keine Schwierigkeiten hatte, sich in einem der teuersten Viertel der Stadt niederzulassen. Sein Spürsinn schien sich in bemerkenswerter Weise entwickelt zu haben, nachdem er seine Sehkraft verloren hatte, und er machte äußerst selten, wenn überhaupt, einen Fehler bei seinen Diagnosen.

Davon ausgehend und mit dem besonderen Merkmal seiner persönlichen Ausstrahlung, war es kein Wunder, dass er sehr bald ein bekannter Arzt wurde, dessen Anwesenheit eine Wohltat und sein Wort Gesetz waren.

Zur Zeit seiner Krankheit war er verlobt, und als er erfuhr, was die wahrscheinlichen Folgen sein würden, hatte er der jungen Lady die

Loslösung von allen Verpflichtungen ihm gegenüber angeboten. Sie wollte aber nicht davon entbunden werden und sie heirateten. Das alles fand etwa fünf Jahre vor Mr. Hasbroucks Tod statt. Drei davon hatten beide in Lafayette Place verbracht.

So viel zu der wundervollen Frau von nebenan.

Da es absolut keinen Anhaltspunkt gab, wer der Mörder von Mr. Hasbrouck sein könnte, kümmerte ich mich natürlich weiter darum, irgendetwas zu finden, worauf ich meine Arbeit aufbauen konnte. Es schien aber keine verwertbaren Fakten bei dieser Tragödie zu geben.

Auch die sorgfältigste Untersuchung der Gewohnheiten und des Verhaltens des Verstorbenen brachte nichts ans Licht, außer seiner allseits anerkannten Güte und Rechtschaffenheit. Es gab auch in seiner Vergangenheit – oder in der seiner Frau – keinerlei Geheimnis oder verborgene Verpflichtung, die solch einen Akt der Rache und des Mordes hätte provozieren können.

Die Vermutung von Mrs. Hasbrouck, dass der Eindringling einfach nur ein Einbrecher gewesen war und dass sie sich die Worte, die auf einen Racheakt hindeuten würden, eher eingebildet als gehört hatte, wurde bald allgemein geglaubt. Obwohl die Polizei lange und intensiv in dieser Richtung tätig war, waren die Bemühungen ohne Erfolg geblieben, und der Fall würde wohl ein ungelöstes Rätsel bleiben.

Aber je größer das Mysterium wurde, umso hartnäckiger hatten sich meine Gedanken darin verbissen, und fünf Monate, nachdem die Angelegenheit als unlösbar eingestuft worden war, schreckte ich aus meinem Schlaf auf, und die folgenden Worte klangen in meinen Ohren nach:

'Wer hatte den Schrei ausgestoßen, welcher der erste Alarmruf war, bezüglich des gewaltsamen Todes von Mr. Hasbrouck?'

Ich war dermaßen aufgeregt, dass mir die Schweißperlen auf der Stirn standen. Die Schilderung der Ereignisse durch Mrs. Hasbrouck kam in mir zurück, und ich erinnerte mich genau, so als würde sie jetzt gerade zu mir sprechen, dass sie ausdrücklich erwähnt hatte, dass sie bei dem Anblick des toten Körpers ihres Mannes nicht geschrien hatte.

Aber irgendjemand hatte geschrien, und zwar sehr laut. Wer war es dann? Irgendeine der Dienerinnen, die durch den plötzlichen Ruf in der Nacht aufgeschreckt worden war, oder irgendjemand anderes – ein unfreiwilliger Zeuge des Verbrechens, dessen Aussage bei der Befragung unterdrückt wurde, aus Furcht oder durch Einflussnahme?

Die Möglichkeit, selbst so spät auf einen Hinweis gestoßen zu sein, spornte meinen Ehrgeiz an, sodass ich bei erster Gelegenheit dem Lafayette Place wieder einen Besuch abstattete.

Ich wählte diejenigen Personen aus, von denen ich dachte, dass sie meine Fragen am bereitwilligsten beantworten würden. Ich stellte fest, dass es zahlreiche Personen gab, die aussagen konnten, den schrillen Schrei einer Frau in dieser denkwürdigen Nacht gehört zu haben, bevor der alte Cyrus seinen Alarmruf ausgestoßen hatte, aber niemand von ihnen konnte sagen, von wessen Lippen dieser Schrei gekommen war.

Eine Sache konnte jedoch sofort ausgeschlossen werden. Der Schrei war nicht die Folge von Angst bei einer der Dienerinnen gewesen. Beide Frauen waren sich sicher, dass sie keinen Laut von sich gegeben, noch dass sie selbst irgendeinen gehört hatten, bis Cyrus mit seinen wilden Alarmrufen ans Fenster gestürmt war.

Da der Schrei – von wem auch immer kommend – ausgestoßen wurde, bevor sie die Treppe heruntergingen, war ich mir durch diese Bestätigung sicher geworden, dass er von einem der vorderen Fenster gekommen war und nicht von der Rückseite des Hauses, wo ihre eigenen Räume lagen.

Konnte es sein, dass er von einer der angrenzenden Wohnungen gekommen war, und dass – ich dachte nicht weiter und entschloss mich, sofort das Haus des Doktors aufzusuchen.

Es bedurfte einigen Mutes, denn die Frau des Doktors war schon bei der gerichtlichen Anhörung anwesend gewesen. Ihre Schönheit, wie man sie im hellen Tageslicht sehen konnte, trug einen solchen Ausdruck von Lieblichkeit und Anmut in sich, dass ich nun zögerte, diesem zu begegnen – unter Umständen, die dazu geeignet waren, dessen reine Heiterkeit zu zerstören. Aber ein Hinweis, einmal erkannt, kann von einem wahren Detektiv nicht so einfach beiseitegeschoben werden, und es hätte mehr als einem Stirnrunzeln einer Frau bedurft, mich an diesem Punkt aufzuhalten. Also klingelte ich bei Dr. Zabriskie.

Ich bin jetzt siebzig Jahre alt und nicht länger beeindruckt durch den Charme einer wunderschönen Frau, aber ich muss zugeben, dass ich, als ich mich im Empfangszimmer im ersten Stock befand, ein wenig Beklommenheit in mir spürte, bei dem Gedanken an die kommende Befragung.

Aber sobald die feine gebieterische Gestalt der Frau des Doktors über die Türschwelle trat, kam ich wieder zu Sinnen und beobachtete sie mit einem so direkten Blick, wie es mir meine Stellung erlaubte. Ihr Anblick ließ aber ein Ausmaß an Gefühlsregung erkennen, das mich erstaunte. Noch bevor ich etwas sagte, nahm ich ein Zittern bei ihr wahr, obwohl sie eine Frau von großer natürlicher Erhabenheit und Selbstkontrolle war.

»Ihr Gesicht kommt mir bekannt vor«, sagte sie und kam mir höflich entgegen, »aber ihr Name« – und hier blickte sie auf meine Karte, die sie in der Hand hielt – »ist mir vollkommen fremd.«

»Ich denke, Sie haben mich vor etwa achtzehn Monaten gesehen«, sagte ich. »Ich bin der Detektiv, der seine Aussagen bei der gerichtlichen Untersuchung der Todesursache bei den sterblichen Überresten von Mr. Hasbrouck gemacht hatte.«

Es war nicht meine Absicht gewesen, sie aufzuschrecken, aber bei meiner Vorstellung sah ich, dass ihre schon von Natur aus weißen Wangen noch weißer wurden, und ihre wunderbaren Augen, die mich neugierig angeschaut hatten, senkten sich allmählich auf den Boden.

'Gütiger Himmel!', dachte ich, '*auf was, bin ich da gestoßen?*'

»Ich verstehe nicht, was sie von mir wollen«, bemerkte sie plötzlich und zeigte dabei eine sanfte Gleichgültigkeit, die mich aber nicht im Geringsten täuschen konnte.

»Das verwundert mich nicht«, warf ich ein. »Das Verbrechen, das nebenan verübt wurde, haben die Leute schon fast vergessen, aber selbst wenn es nicht so wäre, bin ich mir sicher, dass Sie Schwierigkeiten hätten, sich den Grund für die Frage zu denken, die ich Ihnen stellen muss.«

»Ich bin überrascht«, begann sie und erhob sich aufgrund ihrer unfreiwilligen Aufregung, was mich wiederum dazu gezwungen hatte, ebenfalls aufzustehen.

»Wie können Sie mir gegenüber Fragen wegen dieser Sache haben? Wenn Sie aber welche haben«, fuhr sie mit einer plötzlichen Änderung ihres Verhaltens fort, das mein Herz unwillkürlich ergriffen hatte, »werde ich natürlich mein Bestes geben, sie zu beantworten.«

Es gibt Frauen, deren süßeste Töne und höchst verzauberndes Lächeln nur dazu führen, Misstrauen in einem Mann meines Berufes zu schüren, aber Mrs. Zabriskie war nicht eine von denen. Ihr Gesicht war wunderschön, aber es war auch aufrichtig in seinem Ausdruck. Wegen ihrer Erregung, die sie selbst merklich störte, war ich mir sicher, dass darunter weder etwas Böses noch etwas Falsches steckte.

Dennoch verfolgte ich fest die Spur, die ich entdeckt hatte. Ich war aber nach wie vor im Dunkeln und wusste nicht, wohin ich mich bewegte, noch weniger, wohin sie mich bringen würde, aber ich fuhr fort:

»Die Frage, die ich Ihnen als Tür-an-Tür Nachbarin von Mr. Hasbrouck stellen will, ist diese: Wer war die Frau, die so laut geschrien hatte, dass sie die ganze Nachbarschaft hören konnte, in der Nacht, als der Gentleman ermordet wurde?«

Als sie sofort nach Luft schnappte, beantwortete Sie meiner Frage in einer Weise, die ihr selbst nicht bewusst wurde.

Geleitet von den vagen Hinweisen, die mich an die Schwelle dieses bisher unlösbaren Rätsels gebracht hatten, wollte ich meinen Vorteil nutzen und eine weitere Frage stellen, als sie plötzlich nach vorne trat und ihre Hand auf meine Lippen legte.

Völlig erstaunt schaute ich sie fragend an, aber sie hatte ihren Kopf zur Seite gedreht, und ihre Augen, die auf die Tür gerichtet waren, zeigten eine große Besorgnis.

Ich begriff sofort, was sie bedrückte. Ihr Ehemann war ins Haus gekommen, und sie fürchtete, dass seine Ohren ein Wort unserer Unterhaltung aufschnappen könnten.

Ich wusste nicht, was sie vorhatte, und war auch nicht in der Lage gewesen, die Bedeutung, die dieser Moment für sie hatte, zu erfassen. Ich lauschte nun dem Herbeikommen ihres blinden Mannes mit einem fast schmerzlichen Interesse.

Würde er in den Raum kommen, wo wir waren, oder würde er sofort in sein Büro im hinteren Teil gehen? Auch sie schien sich darüber Gedanken zu machen und hörte fast auf zu atmen, als er sich der Tür näherte, dann im offenen Türrahmen stehen blieb, mit seinem Ohr auf uns gerichtet.

Was mich anbelangt, verhielt ich mich vollkommen still und starrte mit gemischten Gefühlen von Überraschung und Befürchtung in sein Gesicht. Neben seiner beachtenswerten Attraktivität, die mir bereits bekannt war, hatte es einen ergreifenden Ausdruck, der unwiderstehlich sowohl Mitleid als auch Interesse bei dem Betrachter auslöst.

Das könnte wegen seines Gebrechens gewesen sein, oder es entsprang einem tiefer gehenden Grund; was auch immer es war, der Ausdruck in seinem Gesicht machte einen starken Eindruck auf mich und sofort wuchs mein Interesse an seiner Persönlichkeit.

Würde er eintreten? Oder würde er weitergehen? Ihr Anblick war wie eine stille Bitte und zeigte mir, in welche Richtung ihre Wünsche gingen. Während ich ihren Blick mit völliger Ruhe beantwortete, war ich mir auf eine entfernte Weise bewusst, dass der Sache, mit der ich mich beschäftigte, besser gedient wäre, wenn er eintritt.

Den Blinden wird oft nachgesagt, dass sie einen sechsten Sinn besitzen, der den ersetzt, den sie verloren haben. Obwohl ich mir sicher war, dass wir keinen Laut von uns gaben, stellte ich bald fest, dass er sich unserer Anwesenheit bewusst war. Er trat hastig vor und sagte in der hohen und vibrierenden Stimme gezügelter Leidenschaft:

»Helen, bist du da?«

Für einen Moment dachte ich, dass sie nicht die Absicht hatte, zu antworten. Da sie aber ohne Zweifel aufgrund ihrer Erfahrung wusste, dass es unmöglich war, ihn zu täuschen, antwortete sie ihm in einem freudigen Unterton und nahm dabei ihre Hände von meinen Lippen.

Er hörte das leise Geräusch, dass diese Bewegung begleitete, und ein Ausdruck, den ich kaum verstehen konnte, huschte über sein Gesicht und änderte dermaßen seinen Ausdruck, dass er wie ein anderer Mann schien.

Du hast jemanden bei dir«, erklärte er und machte einen weiteren Schritt nach vorne, aber nicht mit der Unsicherheit, wie es üblicherweise bei Blinden der Fall ist. »Irgend eine liebe Freundin«, fuhr er fort mit einer fast sarkastischen Betonung und einem gezwungenen Lächeln, das wenig Heiterkeit in sich hatte.

Die beunruhigten und besorgte Verlegenheit, in der ihm geantwortet wurde, konnte nur in einer einzigen Weise gedeutet werden. Er vermutete, dass ihre Hände an die meinen geklammert waren. Sie erkannte seine Gedanken und wusste, dass auch ich sie wahrgenommen hatte.

Sie nahm sich zusammen und bewegte sich zu ihm hin und sagte in einer süßen weiblichen Stimme, die Bände zu mir sprach:

»Es ist kein Freund, Constant, noch nicht einmal eine Bekanntschaft. Die Person, die ich dir jetzt vorstelle, ist ein Agent von der Polizei. Er ist hier in einer Routineangelegenheit, die bald erledigt sein wird, bevor ich dann zu dir ins Büro komme.«

Ich wusste, dass sie nur zwischen zwei Übeln gewählt hatte. Sie hätte ihrem Mann die Kenntnis über die Anwesenheit eines Polizisten im Haus ersparen können, wenn es ihre Selbstachtung erlaubt hätte, aber weder sie noch ich hätte ahnen können, welche Wirkung diese Aussage auf ihn hatte.

»Ein Polizist«, wiederholte er und starrte mit seinen blinden Augen in einer Art vor sich hin, dass er wohl halb hoffte, seine verloren gegangene Sehkraft würde zurückkommen.

»Es kann sich hier nicht um eine Routineangelegenheit handeln; er wurde von Gott selbst geschickt, um – «

»Lass mich für dich sprechen«, unterbrach ihn hastig seine Frau. Sie sprang an seine Seite und packte seinen Arm mit einer Leidenschaft, die gleichermaßen Bitten und Aufforderung ausdrückte.

Dann drehte sie sich zu mir hin und erklärte: »Seit dem unerklärlichen Tod von Mr. Hasbrouck leidet er an Halluzinationen, die ich jetzt Ihnen gegenüber nur erwähnen muss, damit deren völlige Absurdität erkannt werden kann.«

»Er denkt, dass er – *er* – der beste Mensch auf der ganzen Welt, selbst der Mörder von Mr. Hasbrouck war. Oh!, schau nicht so, Constant, du weißt, das es nur eine Halluzination ist, die in dem Moment verschwinden wird, wenn wir sie ins helle Tageslicht zerren.«

'Guter Gott!', dachte ich mir.

»Ich sage gar nichts über die Unmöglichkeit, dass dies so sein kann«, fuhr sie in einem fiebrig vorgebrachten Protest fort. »Er ist blind und hätte einen solchen Schuss nicht ausführen können, selbst wenn er es gewollte hätte. Nebenbei gesagt, hat er gar keine Waffe.«

»Die Unmöglichkeit der Sache spricht für sich selbst und sollte ihm eigentlich versichern, dass sein Verstand nicht mehr in Ordnung ist und er nur unter einem Schock leidet, der größer war, als wir es uns hatten vorstellen können. Er ist selbst Arzt und hat viele solcher Fälle in seiner eigenen Praxis. Er war Mr. Hasbrouck sehr zugetan. Sie waren sogar die besten Freunde, und obwohl er darauf besteht, dass er es getan hat, kann er keinen Grund für die Tat nennen.«

Bei diesen Worten wurde das Gesicht des Doktors sehr ernst, und er sprach wie ein Automat, der irgendeine furchterregende Geschichte vorträgt: »Ich habe ihn getötet. Ich bin in sein Zimmer gegangen und habe ihn absichtlich erschossen. Ich hatte nichts gegen ihn und mein Bedauern ist riesig. Verhaften Sie mich und lassen Sie mich die Strafe für mein Verbrechen bezahlen. Es ist der einzige Weg, wie ich wieder meinen Frieden finden kann.«

Über alle Maßen schockiert über diese Aussage, die sie offensichtlich als unglückliche Spinnereien eines Irren betrachtete, ließ sie seinen Arm los und drehte sich wie in Rage zu mir hin.

»Überzeugen Sie ihn«, schrie sie. »Überzeugen Sie ihn durch ihre Fragen, dass er diese fürchterliche Sache niemals begangen hat.«

Ich hatte selbst mit großer Aufregung zu kämpfen, denn ich fühlte mein junges Alter als Hindernis bei einer Angelegenheit mit solch tragischen Konsequenzen.

Davon abgesehen, stimmte ich mit ihr überein, dass er sich in einem fehlgeleiteten Geisteszustand befand, und ich wusste kaum, wie man mit jemandem umgeht, der so tief in seinen Halluzinationen steckt und sie gleichzeitig mit so viel Intelligenz unterstützt.

Es war aber eine Angelegenheit von Dringlichkeit geworden, denn er streckte mir seine Handgelenke entgegen, mit der offensichtlichen Erwartung, dass ich ihn sofort festnehmen würde.

Dieser Anblick war genug für seine Frau, die in Furcht und Qual zwischen uns auf den Boden sank.

»Sie sagen, Sie haben Mr. Hasbrouck getötet, begann ich. »Wo hatten Sie die Pistole her, und was haben Sie damit gemacht, nachdem Sie das Haus verlassen hatten?«

»Mein Mann hatte keine Pistole, er hatte niemals eine Pistole«, warf Mrs. Zabriskie ein, mit vehementer Bekräftigung. »Wenn ich ihn mit solch einer Waffe gesehen hätte – «

»Ich habe sie weggeworfen, als ich das Haus verlassen hatte«, sagte er, »ich habe ich sie so weit wie möglich von mir weggeworfen, denn ich war erschrocken darüber, was ich getan hatte, fürchterlich erschrocken.«

»Es wurde niemals eine Pistole gefunden«, antwortete ich mit einem Lächeln und vergaß in diesem Moment, dass er nicht sehen konnte.

»Wenn man so eine Waffe auf der Straße gefunden hätte, nach einem derartigen Mord«, sagte ich, »wäre sie mit Sicherheit zur Polizei gebracht worden.«

»Sie vergessen, dass eine gute Pistole ein wertvoller Gegenstand ist« fuhr er stoisch fort. »Es ist jemand vorbeigekommen, bevor der allgemeine Alarm ausgelöst worden ist. Nachdem er solch einen Schatz auf dem Bürgersteig hat liegen sehen, hat er sie aufgehoben und mitgenommen. Da er kein ehrlicher Mann gewesen war, zog er es vor, sie für sich zu behalten, als die Aufmerksamkeit der Polizei auf sich zu ziehen.«

»Hmm, vielleicht«, sagte ich, »aber woher haben *Sie* sie bekommen? Sie können mir sicher sagen, wo Sie sich eine solche Waffe beschafft haben, wenn Sie, wie ihre Frau zu verstehen gibt, nie eine besessen hatten.«

»Ich habe sie in derselben Nacht von einem Freund gekauft, ein Freund, den ich nicht nennen werde, zumal er sich auch nicht länger in diesem Land aufhält.«

»Ich – « Er machte eine Pause. In seinem Gesicht zeigte sich eine starke Leidenschaft, als er sich zu seiner Frau hindrehte, und ein tiefer Schluchzer entglitt ihm, die sie in Furcht aufsehen ließ.

»Ich will nicht in irgendwelche Details gehen«, sagte er. »Gott hat mich im Stich gelassen und ich habe solch ein fürchterliches Verbrechen begangen. Wenn ich bestraft werde, wird vielleicht Frieden zu mir kommen und

Glücklichsein zu ihr. Ich möchte, dass sie nicht zu lange und zu schmerzlich unter meinen Sünden leidet.«

»Constant!« Was für eine Liebe steckte in diesem Schrei und welche Verzweiflung! Es schien ihn zu bewegen und seine Gedanken in eine andere Richtung zu lenken.

»Armes Kind!«, murmelte er und streckte seine Hände in einem unwiderstehlichen Impuls nach ihr aus.

Die Wandlung ging aber schnell vorüber, und er war wieder der ernste und entschlossene Selbstbeschuldiger.

»Werden Sie mich vor den Richter bringen?«, fragte er. »Wenn dem so ist, habe ich einige Aufgaben zu erledigen, bei denen Sie gerne anwesend sein können.«

»Ich habe keinen Haftbefehl«, sagte ich. »Abgesehen davon bin ich kaum derjenige, der solch eine Verantwortung auf sich nimmt. Wenn Sie jedoch auf ihrer Erklärung bestehen, werde ich mit meinen Vorgesetzten in Verbindung setzen, die dann das tun werden, was sie für richtig halten.«

»Das wäre mir noch lieber«, sagte er.

»Obwohl ich es viele Male in Erwägung gezogen habe, mich den Behörden zu stellen, muss ich trotzdem noch viel zu tun, bevor ich mein Haus und meine Praxis verlasse, ohne Schaden für andere«, sagte er. »Haben Sie einen schönen Tag; wenn Sie etwas von mir wollen, dann finden Sie mich hier.«

Er war verschwunden und die arme junge Frau kauerte alleingelassen auf dem Boden.

Ich bedauerte ihre Schmach und Angst und versuchte zu bemerken, dass es nicht ungewöhnlich für einen Mann ist, ein Verbrechen zu gestehen, das er nie begangen hat. Ich versicherte ihr auch, dass die Sache erst sehr sorgfältig untersucht würde, bevor man irgendetwas unternimmt, was seine Freiheit betrifft.

Sie dankte mir, erhob sich langsam und versuchte, ihre Fassung wiederzugewinnen; die Sache selbst, wie auch die Selbstanschuldigung ihres Mannes waren in ihrer Tragweite zu erdrückend, als dass sie sich jetzt vollkommen von ihren Gefühlsregungen hätte erholen können.

»Ich habe das seit Langem befürchtet«, sagte sie dann. »Seit Monaten habe ich vorhergesehen, dass er sich voreilig dazu äußert oder ein irrsinniges Geständnis ablegt.«

»Wenn ich es hätte wagen können, hätte ich einen Arzt wegen seiner Halluzinationen konsultiert«, fuhr sie fort. »Aber er war ansonsten so zurechnungsfähig, dass ich gezögert habe, mein fürchterliches Geheimnis anderen gegenüber zu offenbaren.«

»Ich hatte die Hoffnung, dass ihn seine normale Tagesroutine wieder in den alten Zustand versetzen würde. Aber seine Illusionen wurden stärker, und nun habe ich die Befürchtung, dass es nichts gibt, das ihn jemals davon überzeugen wird, dass er die Tat nicht begangen hat, derer er sich selbst beschuldigt.«

»Wenn er nicht blind wäre, hätte ich größere Hoffnung, aber die Blinden haben so viel Zeit zum Grübeln.«

»Ich denke, es ist im Moment besser, seinen Fantasien nachzugeben«, sagte ich. »Wenn er unter einer Illusion leidet, könnte es gefährlich sein, ihm zu widersprechen.«

»*Wenn?*«, kam ihr Echo zurück, in einem unbeschreiblichen Ton des Erstaunens und des Entsetzens. »Wie können Sie auch nur für einen Moment die Vorstellung haben, dass er die Wahrheit gesagt hat?«

»Madame«, gab ich zurück, bereits mit etwas von dem Zynismus meiner späteren Jahre, »was hatte Sie veranlasst, einen solch schauerlichen Schrei von sich zu geben, noch bevor der Mord in der Nachbarschaft bekannt geworden war?«

Sie starrte vor sich hin, bleich, und fing schließlich an zu zittern, nicht, wie ich nunmehr glaube, wegen der Unterstellung, die in meinen Worten lag, sondern wegen der Zweifel, die meine Bedenken in ihr hochkommen ließen.

»Habe ich das?«, fragte sie.

Dann fuhr sie fort mit einem Ausbruch von Offenheit, die untrennbar von ihrem Charakter zu sein schien:

»Warum sollte ich versuchen, sie zu täuschen oder mich zu betrügen? Ich habe einen Schrei ausgestoßen, kurz bevor der Alarm von nebenan kam, aber es war nicht wegen irgendeiner Kenntnis, die ich von dem Verbrechen nebenan hatte, sondern weil ich unerwartet meinen Ehemann vor mir gesehen hatte, von dem ich annahm, dass er sich auf seinem Weg nach Poughkeepsie [140 Kilometer nördlich von New York] befinden würde.«

»Er sah sehr blass und seltsam aus, und für einen Moment dachte ich, dass ich seinen Geist gesehen hatte.«

»Er konnte mir aber sofort sein Erscheinen erklären, indem er sagte, dass er aus dem Zug gefallen war und nur durch ein Wunder davor bewahrt wurde, zerstückelt zu werden. Ich habe nur sein Missgeschick beklagt und versucht, ihn zu beruhigen, als man den schrecklichen Ausruf von nebenan hören konnte, Mord! Mord!«

»Das kam zu kurz nach dem Schock, den er selbst erfahren hatte und der ihm ziemlich an die Nerven gegangen war, und ich denke, dass wir den Zeitpunkt seiner geistigen Verwirrung auf diesen Moment legen können. Er begann nämlich sofort ein krankhaftes Interesse an der Angelegenheit von nebenan zu zeigen, obwohl es noch Wochen, wenn nicht Monate gedauert hatte, bevor er Worte fallen ließ, wie Sie sie eben gehört hatten.«

»Dass er damit anfing, sich dieses Verbrechens zu bezichtigen und über Bestrafung zu sprechen, passierte aber in der Tat erst, nachdem ich ihm gegenüber einige seiner Ausrufe wiederholt hatte, die er während seines Schlafs fortwährend von sich gegeben hatte.«

»Sie sagen, dass Sie ihr Mann erschreckt hatte, als er plötzlich an der Tür erschien und Sie dachten, er sei auf dem Weg nach Poughkeepsie«, sagte ich. »Ist es eine Gewohnheit von Dr. Zabriskie, alleine wegzugehen und, wie es sein muss, zu solch einer späten Stunde?«

»Sie vergessen, dass für die Blinden die Nacht weniger Gefahren birgt als der Tag. Sehr oft hatte mein Mann nach Mitternacht den Weg zu dem Haus seiner Patienten gefunden, aber an diesem speziellen Abend hatte er Harry bei sich. Harry war sein Fahrer, der ihn immer begleitete, wenn er größere Strecken zurücklegen musste.«

»Nun dann«, sagte ich, müssen wir nur Harry herbeirufen und hören, was er in diesem Zusammenhang zu sagen hat. Er wird sicherlich wissen, ob sein Herr in das Haus nebenan gegangen ist oder nicht.«

»Harry hat uns verlassen«, sagte sie. »Dr. Zabriskie hat jetzt einen anderen Fahrer. Nebenbei gesagt, da ich Ihnen gegenüber nichts zu verbergen habe, war Harry nicht bei ihm gewesen, als er an diesem Abend zurück ins Haus kam, sonst wäre er auch nicht bis zum nächsten Tag ohne seinen Handkoffer geblieben.«

»Irgendetwas – ich habe nie erfahren, was es war – hatte sie veranlasst, sich zu trennen, und das ist es auch, warum ich keine passende Antwort geben kann, wenn sich der Doktor selbst beschuldigt, diese Tat in dieser Nacht begangen zu haben, was völlig untypisch ist, verglichen mit allen anderen Taten in seinem Leben.«

»Und haben sie Harry niemals danach gefragt, warum sie sich getrennt hatten und warum er es seinem Herrn erlaubt hatte, alleine nach Hause zu gehen, nach dem Schock, den er auf der Bahnstation erfahren hatte?«

»Ich wusste nicht, dass es einen Grund für dieses Verhalten gegeben hatte, bis lange nachdem er uns verlassen hatte.«

»Und wann ist er fortgegangen?«, fragte ich.

»Das erinnere ich nicht genau. Ein paar Wochen oder vielleicht nur ein paar Tage nach dieser schrecklichen Nacht.«

»Und wo ist er jetzt?«

»Ach, ich habe überhaupt keine Idee. Aber – «

Plötzlich fing sie an zu weinen. »Was wollen Sie von Harry? Wenn er Dr. Zabriskie nicht bis an seine eigene Tür gefolgt ist, kann er uns auch nichts sagen, was meinen Mann davon überzeugen könnte, dass er an einer Illusion leidet.«

»Er könnte uns aber etwas sagen, das uns davon überzeugen könnte, dass Dr. Zabriskie nicht mehr er selbst war nach dem Unfall, dass er – «

Ein »Pst« kam in einem gebieterischen Ton über ihre Lippen.

»Ich werde nicht glauben, dass er Mr. Hasbrouck erschossen hat, selbst wenn sie ihm beweisen, dass er zu diesem Zeitpunkt verrückt gewesen war.«

»Wie könnte er das auch? Mein Mann ist blind. Es bedarf eines Mannes mit scharfen Augen, um gewaltsam in ein Haus einzudringen, das für die Nacht verschlossen war und dann einen Mann im Dunkeln mit einem einzigen Schuss zu erschießen.«

»Im Gegenteil«, rief eine Stimme, die wieder von der Türschwelle kam, »nur ein blinder Mann kann so etwas tun. Diejenigen, die sich auf ihre Augen verlassen, müssen etwas von dem Ziel erkennen, auf das sie zielen, und dieser Raum, wie mir gesagt wurde, war ohne jeglichen Lichtschimmer. Der blinde Mann aber verlässt sich auf Geräusche, und als Mr. Hasbrouck gesprochen hatte – «

»Ach!«, brach es aus seiner bestürzten Frau heraus, »gibt es hier denn niemanden, der ihn daran hindert, so zu sprechen?«

II.

Als ich meine Vorgesetzten über die Einzelheiten der vorausgegangenen Befragung informiert hatte, stimmten zwei von ihnen mit der Ansicht der Frau überein und meinten auch, dass Dr. Zabriskie nicht zurechnungsfähig war, was jede seiner Aussagen fraglich machte.

Der dritte hingegen wollte die Angelegenheit offensichtlich diskutieren. Er warf mir einen forschenden Blick zu und schien mich damit zu fragen, was meine Meinung dazu wäre.

Ich hatte ihm geantwortet, als hätte er mich direkt mit Worten angesprochen:

»Ob er wahnsinnig geworden ist oder nicht«, sagte ich, »Dr. Zabriskie hatte den Schuss abgegeben, der dem Leben von Mr. Hasbrouck ein Ende setzte.«

So dachte auch dieser Inspektor, aber seine Meinung wurde von den anderen nicht geteilt, von denen einer den Doktor schon seit Jahren kannte. Man schloss einen Kompromiss und wollte jegliche Meinungsäußerung verschieben, bis sie den Doktor selbst befragt hatten.

Es wurde deshalb festgelegt, dass man ihn am folgenden Nachmittag holen und die Fragen stellen wollte.

Ohne zu zögern, war er bereit zu kommen, und seine Frau begleitete ihn. Für die kurze Zeit, die man brauchte, um Lafayette Place zu verlassen und zu unserem Hauptquartier zu gelangen, nahm ich die Gelegenheit wahr, sie zu beobachten. Das, was ich sehen konnte, fand ich genauso aufregend wie interessant.

Sein Gesicht zeigte einen ruhigen, aber hoffnungslosen Anblick, und seine Augen, die wild schimmern müssten – wenn die Annahme seiner Frau stimmen sollte – waren dunkel und unergründlich, zeigten aber weder Wahnsinn noch Ungewissheit.

Er hatte nur einmal gesprochen und hörte auf nichts, obwohl sich seine Frau ein, zwei Mal bemüht hatte, seine Aufmerksamkeit zu erregen.

Einmal versuchte sie schüchtern ihre Hand in die seine zu legen, in der zarten Hoffnung, dass er ihre Annäherung spüren und ihre Sympathie annehmen würde.

Er blieb aber taub, genauso wie er blind war. Er saß da, von seinen Gedanken eingenommen, und sie hätte die Welt dafür gegeben, wenn sie in diese hätte eindringen können.

Auch ihr Gesichtsausdruck war geheimnisvoll. Es zeigte in jedem seiner Züge leidenschaftliche Sorge und Kummer und eine tiefe Zärtlichkeit, die aber auch etwas Furcht offenbarten.

Beide, sowohl sie, wie auch er, verrieten, dass irgendein Missverständnis einen undurchdringlichen Schleier zwischen sie gezogen hatte, dichter, als ich es zuvor erwartet hatte. Er machte die große Nähe, in der sie zusammensaßen, sofort zu einem herzzerreißenden Anblick, aber auch zu einem von unaussprechlicher Qual.

Was war das für ein Missverständnis? Was war der Grund für die Furcht, die jeden ihrer Blicke in seine Richtung veränderte?

Ihre große Gleichgültigkeit gegenüber meiner Anwesenheit bewies, dass sie mich nicht für diese Lage verantwortlich machte, in die er sich selbst durch sein freiwilliges Geständnis gegenüber der Polizei gebracht hatte. Ich konnte aber nicht den verzweifelnd fragenden Ausdruck deuten, der immer wieder in ihre Gesichtszüge kam, als sie ihre Augen auf seine blinden Augäpfel richtete oder versuchte, in seinen fest verschlossenen Lippen zu lesen, um die Bedeutung seiner Behauptungen zu erkennen, die sie nur als Verlust der Vernunft beschreiben konnte.

Das Anhalten der Kutsche schien beide aus ihren Gedanken zu wecken, die sie eher trennten, als verbanden. Er drehte sein Gesicht in ihre Richtung. Sie streckte die Hand aus, bereit ihm aus der Kutsche heraushelfen, ohne irgendwelche Anzeichen von Scheu, die man vorher in ihrem Benehmen sehen konnte.

Als seine Führerin schien sie nichts zu fürchten, wohl aber vieles als seine liebende Frau.

Es gibt noch eine andere und tiefer gehende Tragödie, welche die äußerliche und offensichtliche unterstreicht. Das war meine innere Überzeugung, als ich ihnen zu den Herren folgte, die bereits auf sie warteten.

Das Erscheinungsbild von Dr. Zabriskie war ein Schock für diejenigen, welche ihn kannten. Dies galt auch für sein Auftreten, das aber dennoch ruhig, direkt und entschlossen war.

»Ich habe Mr. Hasbrouck erschossen«, war seine immer wieder vorgetragene Bekräftigung, ohne Anzeichen von Verrücktheit oder Verzweiflung. »Wenn Sie wissen wollen, wie ich das gemacht habe, bin ich bereit, ihnen alles zu sagen, was ich über diese Sache weiß.«

»Aber, Dr. Zabriskie«, schaltete sich der Mann ein, der ihn gut kannte. »Das 'Warum' ist im Moment die wichtigste Sache, die uns interessiert. Wenn Sie uns wirklich davon überzeugen wollen, dass Sie dieses fürchterliche Verbrechen begangen haben, einen völlig harmlosen Mann zu ermorden, sollten Sie uns einen Grund für solch eine Handlung geben, die so gegensätzlich zu allen ihren Gefühlen und ihrem sonstigen Verhalten ist.

Der Doktor fuhr aber unbewegt fort:

»Ich hatte keinen Grund, Mr. Hasbrouck zu ermorden. Hundert Fragen können keine andere Antwort hervorlocken; Sie müssten besser beim 'Wie' bleiben.«

Ein tiefes Durchatmen von seiner Frau beantwortete die Blicke der drei Herren, denen dieser Vorschlag gemacht wurde.

»Sehen Sie jetzt«, schien sie mit diesem Atemzug zu protestieren, »dass er nicht recht bei Verstand ist.«

Ich begann an meiner Ansicht zu zweifeln, und dennoch hatte mir mein Gespür gesagt, das mir immer gute Dienste bei undurchdringlichen Fällen wie diesem geleistet hatte, mich nicht der allgemeinen Meinung anzuschließen.

»Fragen Sie ihn, wie er in das Haus gekommen ist«, flüsterte ich dem Inspektor___ zu, der am nächsten bei mir saß.

Sofort stellte der er die von mir vorgeschlagene Frage:

»Wie sind Sie in das Haus von Mr. Hasbrouck gelangt, zu einer solch späten Stunde, als der Mord geschah?«

Der Kopf des blinden Doktors fiel nach vorne auf seine Brust, und er zögerte zum ersten und einzigen Mal.

»Sie werden es mir nicht glauben«, sagte er, »aber die Tür stand weit offen, als ich dorthin kam. Solche Dinge machen es leicht, ein

Verbrechen zu begehen; das ist die einzige Entschuldigung, die ich anbieten kann, für eine solch abscheuliche Tat.«

'Die Eingangstür des Hauses eines angesehenen Bürgers stand um halb zwölf in der Nacht offen'. Das war eine Entschuldigung für die Tat, die in allen Köpfen die Meinung festsetzen sollte, dass derjenige, der das sagte, unzurechnungsfähig ist.

Die Augenbrauen von Mrs. Zabriskie hoben sich, und ihre Schönheit wurde für einen Moment überwältigend, als sie ihre Hände in unbändiger Erleichterung denen entgegenhielt, die ihren Mann befragten.

Ich allein behielt meine Gefühle unter Kontrolle, und eine mögliche Erklärung für dieses Verbrechen kam mir blitzschnell in den Sinn. Eine Erklärung, vor der ich innerlich zurückschreckte, obwohl ich gezwungen war, sie in Betracht zu ziehen.

»Dr. Zabriskie«, bemerkte der Inspektor, der sehr freundlich ihm gegenüber war, »diese alten Bediensteten, wie sie Mr. Hasbrouck beschäftigt, lassen die Tür nicht um Mitternacht offenstehen.«

»Und dennoch stand sie offen«, wiederholte der blinde Doktor mit sanfter Betonung. »Da ich sie so vorfand, bin ich hineingegangen. Als ich wieder hinausgegangen bin, hatte ich sie geschlossen. Wollen Sie, dass ich darauf schwöre, was ich sage? Wenn dem so ist, bin ich bereit dazu.«

Was hätten wir antworten sollen? Wir sahen diesen blendend aussehenden Mann, ehrwürdig geworden durch ein Gebrechen, das an sich so groß war, dass es selbst bei sehr gleichgültigen Menschen Mitgefühl hervorruft. Und dieser Mann beschuldigte sich selbst eines kaltblütigen Verbrechens, und in Tönen, die leidenschaftslos klangen, wegen des starken Willens, der diese Äußerungen erzwang. Das war bereits zu schmerzlich für uns, um der Forderung nach irgendwelchen unnötigen Worten nachzugeben.

Mitgefühl übernahm die Stelle der Neugier, und alle von uns warfen unbewusst Blicke von Bedauern auf die junge Frau, die sich so eifrig an seine Seite presste.

»Für einen blinden Mann«, wagte sich jemand zu sagen, »war der Anschlag geschickt und sicher ausgeführt. Ist ihnen das Haus von

Mr. Hasbrouck so sehr vertraut, dass Sie ihren Weg ohne große Schwierigkeiten in das Schlafzimmer fanden?«

»Ich bin damit vertraut – «, begann er.

Aber hier unterbrach ihn seine Frau mit unbändiger Leidenschaft.

»Er ist mit diesem Haus nicht vertraut. Er war niemals oberhalb des Erdgeschosses. Warum, warum befragen Sie ihn überhaupt? Sehen Sie nicht – «

Seine Hand ging an ihre Lippen.

»Pst!«, forderte er. »Du kennst meine Fähigkeiten, mich in einem Haus zu bewegen, wie ich manchmal die Leute täusche, die mich nicht kennen, und sie glauben lasse, ich könnte sehen, durch die Gewandtheit, mit der ich Hindernisse vermeide und meinen Weg selbst in fremden und unerprobten Bereichen finde.«

»Versuche nicht, sie denken zu lassen, dass ich nicht recht bei Sinnen bin, oder du wirst mich genau in den Zustand bringen, den du jetzt missbilligst.«

Sein Gesicht, unnachgiebig, kalt und gefasst, sah wie eine Maske aus. Das ihre, vom Schreck verzogen und mit einem fragenden Ausdruck erfüllt, nahm schnell die Gestalt von Zweifeln an und deutete auf eine furchtbare Tragödie hin, vor der mehr als einer von uns zurückschreckte.

»Können Sie einen Mann erschießen, ohne ihn zu sehen?«, fragte der Oberinspektor mit einer verzweifelten Anstrengung.

»Geben Sie mir eine Pistole, und ich werde es Ihnen zeigen«, war die schnelle Antwort.

Es kam ein leiser Schrei von seiner Frau. In einer Schublade in der Nähe lag eine Pistole, aber niemand bewegte sich dorthin, um sie herauszuholen. Es gab da etwas in den Augen des Doktors, das uns fürchten ließ, wenn wir sie ihm in diesem Moment in die Hand gegeben hätten.

»Wir akzeptieren ihre Zusicherung, dass sie Fähigkeiten besitzen, die diejenigen der meisten Menschen übersteigen«, antwortete der Oberinspektor.

Dann beugte er sich zu mir hin und sagte: »Das ist ein Fall für die Ärzte und nicht für die Polizei.«

»Bringen sie ihn leise weg und informieren sie Dr. Southyard von dem, was ich Ihnen sage.«

Aber Dr. Zabriskie, der eine übernatürliche Feinheit des Gehörs zu haben schien, erschrak daraufhin und sprach zum ersten Mal mit echter Leidenschaft in seiner Stimme.

»Nein, nein, ich flehe Sie an. Ich kann alles ertragen, nur das nicht. Bedenken Sie meine Herren, dass ich blind bin, dass ich nicht sehen kann, wer bei mir ist. Mein Leben wäre eine Tortur, wenn ich fühlen würde, von Spionen umgeben zu sein, die mich beobachten, um irgendwelche Anzeichen von Verrücktheit in mir zu entdecken. Da wäre es mir lieber, sofort verurteilt zu werden. Tod, Entehrung und Verleumdung, das habe ich selbst herbeigerufen, das habe ich selbst durch mein Verbrechen über mich gebracht, aber nicht dieses weitaus schlimmere Schicksal – oh!, nicht dieses schlimmere Schicksal.«

Seine Leidenschaft war so stark und dennoch so fest in den Grenzen der Etikette, dass wir seltsam berührt waren. Nur die Ehefrau war wie versteinert, mit einer Angst, die in ihrem Herzen wuchs, bis ihr weißes, wachsartiges Gesicht noch schrecklicher anzusehen war, als das von Leidenschaft zerstörte.

»Es ist nicht seltsam, dass meine Frau glaubt, ich sei verrückt«, fuhr der Doktor fort, als würde er sich vor der Stille um ihn herum fürchten. »Ihr Beruf, meine Herren, fordert aber zu unterscheiden, und sie sollten einen geistig gesunden Mann erkennen, wenn Sie ihn sehen.«

Inspektor D___ hielt sich nicht länger zurück.

»Nun gut«, sagte er, »geben Sie uns den geringsten Beweis, dass ihre Behauptungen richtig sind, und wir werden ihren Fall dem Staatsanwalt vorlegen.

»Beweis? Ist das Wort eines Mannes – «

»Kein Wort eines Mannes ist viel wert ohne irgendwelche Beweise, die es unterlegen. In ihrem Fall gibt es die nicht. Sie können noch nicht einmal die Pistole vorzeigen, von der Sie behaupten, sie hätten damit die Tat begangen.«

»Das ist wahr, ja, das ist wahr. Ich war erschrocken darüber gewesen, was ich getan hatte, und der Selbsterhaltungstrieb hatte mich dazu gebracht, sie loszuwerden, wie ich das am besten machen konnte. Aber jemand hatte die Pistole gefunden; jemand hatte sie in dieser unheilvollen Nacht vom Bürgersteig am Lafayette Place aufgelesen. Machen Sie dies öffentlich bekannt. Setzten Sie eine Belohnung aus. Ich werde Ihnen das Geld dafür geben.«

Plötzlich stellte er selbst fest, wie seltsam das alles klingt.

»Leider!«, rief er aus, »ich weiß, die Geschichte klingt unwahrscheinlich, alles, was ich sage, klingt unwahrscheinlich, aber es sind nicht die wahrscheinlichen Dinge, die in diesem Leben passieren, sondern die unwahrscheinlichen. Das sollten Sie wissen, Sie, die jeden Tag tief das Herz der menschlichen Angelegenheiten hineinsehen.«

Waren dies Hirngespinste eines Irren? Ich begann, die Angst der Frau zu verstehen.

»Ich habe die Pistole gekauft«, fuhr er fort, von einem – leider! Ich kann Ihnen seinen Namen nicht nennen. Alles ist gegen mich. Ich kann keinen einzigen Beweis erbringen. Dennoch, selbst sie – sogar meine Frau – beginnt sich zu fürchten, dass meine Geschichte wahr sein kann.

Ich kann das an ihrer Stille erkennen, eine Stille, die sich zwischen uns auftut wie ein tiefer und unergründlicher Abgrund.«

Bei diesen Worten kam ihre Stimme mit leidenschaftlicher Heftigkeit dazwischen.

»Nein, nein, das stimmt nicht! Ich werde nie glauben, dass du deine Hände mit Blut befleckt hast. Du bist mein einziger, reinherziger Constant. Kalt – vielleicht – und ernst, aber mit keiner Schuld, die auf deinem Gewissen lastet, ausgenommen in deiner wilden Fantasie.«

»Helen, du bist mir kein Freund«, erklärte er und stieß sie sanft zur Seite. Denke meinetwegen, dass ich unschuldig bin, aber sage nichts, was andere dazu bringt, mein Wort anzuzweifeln.«

Sie sagte daraufhin nichts mehr, aber ihre Blicke sprachen Bände.

Das Ergebnis war, dass er nicht in Haft genommen wurde, obwohl er um die sofortige Einweisung bettelte. Er schien jetzt sein eigenes Haus zu fürchten, und die Beobachtung, unter der er, wie er instinktiv befürchtete, fortan stehen würde.

Zu sehen, wie er sich von der Hand seiner Frau zurückzog, als sie versuchte, ihn aus dem Raum zu führen, war schon schmerzhaft genug. Aber das Gefühl, das dadurch hochkam, war nichts gegen das, als wir die ruhelose und gequälte Erwartungshaltung seines Ausdrucks gesehen hatten, als er sich herumdrehte und auf die Schritte der Polizeibeamten hörte, die ihm folgten.

»Ich werde niemals mehr wissen, ob ich allein bin«, war seine anschließende Bemerkung, als er aus unserer Gegenwart verschwand.

Über die Gedanken, die ich hatte, sagte ich nichts zu meinen Vorgesetzten, während ich bei den vorstehend erwähnten Befragungen zuhörte. Es hatte sich eine Theorie in mir gebildet, die zu einem bestimmten Grad die Rätsel um das Verhalten des Doktors aufklären könnte. Ich wünschte mir aber Zeit und Gelegenheit, um deren Wahrscheinlichkeit zu überprüfen, bevor ich sie zur Beurteilung nach oben zu meinen Vorgesetzten schicken würde.

Diese Möglichkeit sollte sich mir höchstwahrscheinlich bieten, denn die Inspektoren waren weiterhin geteilter Meinung, was sie Schuldfrage des Arztes betraf.

Als man ihm von der Sache berichtete, lachte der Bezirksstaatsanwalt gnadenlos darüber und weigerte sich, etwas zu unternehmen, es sei denn, es würden einige handfeste Beweise vorgelegt werden, welche die Selbstanschuldigungen des armen Doktors unterstützen würden.

»Wenn er schuldig ist, warum weigert er sich dann, seine Motive zu nennen?«, sagte er, »und wenn er so eifrig bemüht ist, an den Galgen zu kommen, warum unterdrückt er die Tatsachen, die ihn dahin bringen würden? Er ist so verrückt wie ein Märzhase und er sollte in eine Anstalt gebracht werden und nicht ins Gefängnis.«

Bei dieser Schlussfolgerung konnte ich nicht mit ihm übereinstimmen, und als die Zeit voranschritt, verdichtete sich mein Verdacht und endete schließlich in einer festen Überzeugung:

Dr. Zabriskie hatte das Verbrechen begangen, zu dem er sich bekannt hatte, *aber* – lassen Sie mich noch ein wenig weiter mit meiner Geschichte fortfahren, bevor ich offenlege, was hinter diesem *'aber'* steckt.

Trotz des fast schon fieberhaften Appells von Dr. Zabriskie, allein bleiben zu wollen, wurde ein Mann zu seiner Überwachung abgestellt, in der Person eines jungen Arztes, der sich auf Krankheiten des Gehirns spezialisiert hatte. Dieser Mann kommunizierte immer mal wieder mit der Polizei, und eines Morgens bekam ich von ihm den folgenden Auszug aus dem Tagebuch, das er führen sollte:

'Der Doktor ist in tiefe Melancholie verfallen, aus der er sich manchmal befreien will, aber nur mit eher mittelmäßigem Erfolg.'

'Gestern ist er zu allen seinen Patienten hingefahren, mit der Absicht, seine Dienste aus Krankheitsgründen zu beenden. Er hält aber die Praxis weiter offen, und bis zum heutigen Tag hatte ich die Gelegenheit, seinen Zuspruch und seine Leistungen bei all denjenigen zu beobachten, die bei ihm Hilfe suchten.'

'Ich denke, dass er sich meiner Anwesenheit bewusst war, obwohl versucht wurde, dies zu verheimlichen, denn der lauschende Anblick war immer in seinem Gesicht zu sehen, von dem Moment an, als ich den Raum betrat.'

'Einmal hatte er sich erhoben und ging schnell von Wand zu Wand und tastete mit ausgestreckten Händen in jedem Winkel und jeder Ecke herum, und es wäre fast zu einer Berührung mit dem Vorhang gekommen, hinter dem ich mich versteckt hatte.'

'Wenn immer er meine Anwesenheit erahnen konnte, zeigte er sich aber nicht unglücklich darüber, und er wollte vielleicht einen Zeugen für seine Fähigkeiten haben, wenn er Krankheiten behandelte.'

'Ich hatte in der Tat niemals eine bessere Demonstration praktischer Einsicht in Fälle von mehr oder weniger verblüffender Art gesehen, wie sie mir täglich von ihm geboten wurde.'

'Er ist mit Sicherheit der wundervollste Arzt, und ich fühle mich verpflichtet, festzuhalten, dass er bei der Ausübung seines Berufs einen klaren Verstand zeigt, so klar, als wäre nie ein Schatten darauf gefallen.'

'Dr. Zabriskie liebt seine Frau, aber auf eine Art, die es für beide zur Qual macht. Wenn sie von zu Hause weggeht, fühlt er sich miserabel, und dennoch, wenn sie zurückkommt, vermied er es oft, mit ihr zu sprechen. Und wenn er dann spricht, ist es unter einem Zwang, was ihr mehr wehtut als sein Schweigen.'

'Ich war zugegen, als sie eines Tages zurückkam. Ihre Schritte, die auf der Treppe noch eifrig waren, ließen nach, als sie sich dem Zimmer näherte.'

'Er bemerkte natürlich die Veränderung und hatte seine eigene Meinung darüber. Sein Gesicht, das ansonsten sehr weiß war, lief plötzlich rot an und ein nervöses Zittern erfasste ihn, das er vergeblich versuchte zu verstecken.'

'In dem Moment aber, wo ihre große und wunderschöne Gestalt in der Tür stand, fasste er sich gewöhnlich insgesamt wieder, aber er hatte einen Ausdruck in seinen Augen, die in Qual und Sehnsucht ausdrückten, wie man es nur bei solchen Augen beobachten kann, die einstmals ihre Sehkraft hatten.'

'»Wo warst du Helen?«, fragte er, als er ihr, im Gegensatz zu seinen Gewohnheiten, entgegenging.'

'»Bei meiner Mutter, bei Arnolds & Constables und im Krankenhaus, wie du es wolltest«, war ihre schnelle Antwort, die sie ohne zu zögern oder Verlegenheit gab.'

'Er ging noch näher heran und nahm ihre Hand, und als er das tat, bemerkte mein ärztliches Auge, wie sein Finger anscheinend versehentlich auf ihrem Puls lag.'

'»Nirgendwo sonst?«, fragte er.'

'Sie zeigte ein trauriges Lächeln und schüttelte ihren Kopf. Dann erinnerte sie sich daran, dass er ihre Bewegung nicht sehen konnte und sagte in einem schwermütigen Ton:'

'»Nirgendwo sonst, Constant; ich war zu sehr darauf bedacht, zurückzukommen.«'

'Ich erwartete, dass er daraufhin seine Hand wegnehmen würde, aber er tat dies nicht; und seine Finger ruhten immer noch auf ihrem Puls.'

'»Und wen hast du gesehen, während du weg warst?«, fuhr er fort.'

'Sie sagte es ihm und nannte mehrere Namen.'

'»Du musst dich gut unterhalten haben«, war sein kühler Kommentar, als er seine Hand wegnahm und sich abwendete. Sein Verhalten zeigte aber Erleichterung, und ich kann nicht anders, als Mitleid bei der bedauernswerten Situation eines Mannes zu haben, der zu solchen Mitteln gezwungen ist, um das Herz seiner jungen Frau zu erforschen.'

'Als ich mich zu ihr hindrehte, bemerkte ich, dass auch ihre Lage kaum besser war. Tränen in ihren Augen sind ihr nicht fremd, aber diejenigen, die in diesem Moment hervorkamen, schienen eine Bitterkeit zu haben, die wenig Gutes für ihre Zukunft anzudeuten schien. Sie trocknete sie jedoch schnell und widmete sich mit liebevollen Handlungen seinem Wohlbefinden.'

'Wenn ich Frauen beurteilen müsste, dann würde ich Helen Zabriskie über alle ihres Geschlechts stellen. Dass ihr Ehemann ihr misstraut, ist offensichtlich, ob das aber wegen ihrer Haltung in dieser leidigen Angelegenheit so ist oder nur Ausdruck geistigen Verfalls, konnte ich bis jetzt nicht genau sagen.'

'Ich hatte Angst, sie allein zusammen zu lassen, und trotzdem, als ich mir erlaubte hatte, ihr zu empfehlen, dass sie bei ihren Gesprächen mit ihm vorsichtiger sein sollte, lächelte sie nur gelassen und sagte mir, dass ihr nichts größere Freude machen würde, als zu sehen, wenn er seine Hand gegen sie erhebt, weil das nur bedeuten würde, dass er für seine Taten oder Behauptungen nicht verantwortlich ist. Es wäre mir aber dennoch ein großer Kummer, zu sehen, wenn sie durch diesen leidenschaftlichen und unglücklichen Mann verletzt wird.'

'Sie haben gesagt, dass sie alle Informationen haben wollen, die ich beschaffen kann, sodass ich mich verpflichtet fühle, zu sagen, dass Dr. Zabriskie sich oft bemüht, rücksichtsvoll gegenüber seiner Frau zu sein, obwohl er bei dem Versuch oft scheitert.'

'Wenn sie sich ihm als Führerin anbietet oder bei seiner Post unterstützt oder viele ihrer gütigen Handlungen verrichtet, durch die sie ständig ihr Gespür für sein Leid zeigt, danke er ihr mit Höflichkeit und oft mit Güte. Dennoch glaube ich, dass sie alle seine Floskeln für ein kräftiges Drücken oder ein impulsives Lächeln eintauschen würde.'

'Dass er nicht im Vollbesitz seiner geistigen Fähigkeiten ist, wäre zu viel gesagt, aber aufgrund welcher Annahme können wir die Unbeständigkeit in seinem Verhalten erklären?'

'Ich sehe stets zwei Bilder von mentalem Leid vor mir:'

'Zur Mittagszeit ging ich an der Praxistür vorbei. Als ich hineinschaute, sah ich Dr. Zabriskie in einem großen Stuhl sitzen, gedankenverloren oder tief in den Erinnerungen versunken, die ihn zu einem Abgrund im Bewusstsein führen.'

'Seine verkrampften Hände ruhten auf den Stuhllehnen, und in einer davon entdeckte ich den Handschuh einer Frau. Ich hatte keine Schwierigkeiten zu erkennen, dass er zu einem Paar gehörte, das seine Frau an diesem Morgen getragen hatte.'

'Er hielt ihn fest, wie ein Tiger seine Beute halten würde oder ein Geiziger sein Gold. Seine Gesichtszüge und blinden Augen verrieten aber, dass er in einem Konflikt der Gefühle steckte, wo Zärtlichkeit wenig Anteil hatte.'

'Obwohl er wie gewöhnlich sensibel war für jedes Geräusch, war er in diesem Moment zu vertieft, um meine Anwesenheit zu bemerken, obwohl ich mich nicht besonders angestrengt hatte, leise heranzukommen.'

'Ich stand deshalb für eine ganze Minute da und beobachtete ihn, bis mich ein unwiderstehliches Gefühl der Schande überkam, einen blinden Mann in seinen Momenten verborgener Angst auszuspionieren, und ich drehte mich weg. Ich konnte aber noch sehen, wie sich seine Gesichtszüge in einen Ansturm leidenschaftlicher Gefühle entspannten, als er dem leblosen Ding, das er in seinem starren Griff hielt, Küsse über Küsse zuwarf.'

'Jedoch, als er eine Stunde später am Arm seiner Frau ins Esszimmer ging, gab es nichts in seinem Verhalten, was zeigen würde, dass sich seine Haltung ihr gegenüber irgendwie verändert hätte.'

'Das andere, nachstehend geschilderte Bild, war noch tragischer.'

'Ich habe mit den Angelegenheiten von Mrs. Zabriskie nichts zu tun, aber als ich nach einer Stunde nach hoch in meine Räume ging, erhaschte ich einen flüchtigen Blick auf ihre große Statur. Sie hatte ihre Arme in einem Anfall der Gefühle über ihren Kopf nach oben geworfen, wodurch sie meine Anwesenheit nicht bemerkte, wie bereits ihr Mann einige Stunden zuvor.'

'Kamen ihr dabei die Worte über die Lippen »Gott sei Dank haben wir keine Kinder!«, oder war dies nur ein von mir so empfundener Ausruf, den ich mir wegen ihrer Leidenschaft und der ungezügelten Regung vorgestellt hatte?'

Ich, Ebenzer Gryce, der mit der Untersuchung beauftragte Polizeibeamte, lege diesen Zeilen gleichzeitig den Auszug aus meinem eigenen Tagebuch bei:

'Ich beobachtete das Haus der Zabriskies aus dem Fenster im zweiten Stock des angrenzenden Hotels. Ich sah den Doktor, als er zu seiner Besuchsrunde wegfuhr, und ich sah ihn, als er zurückkam. Ein farbiger Mann begleitete ihn.'

'Heute bin ich Mrs. Zabriskie gefolgt. Ich hatte einen Grund dazu, aber ich glaube, dass es nicht klug wäre, diesen hier zu verbreiten.'

'Zuerst ging sie in ein Haus beim Washington Place, wo ihre Mutter wohnt, wie man mir sagte. Hier blieb sie für einige Zeit und danach ist sie runter zur Canal Street gefahren, wo sie einige Einkäufe tätigte.'

'Später legte sie einen Halt beim Krankenhaus ein, und ich nahm mir die Freiheit, ihr zu folgen. Sie schien dort viele Leute zu kennen und ging von Bett zu Bett, mit einem Lächeln, in dem allein ich schon die Traurigkeit eines gebrochenen Herzens erkennen konnte.'

'Als sie ging, ging auch ich, ohne etwas erfahren zu haben, über die Tatsache hinaus, dass Mrs. Zabriskie jemand ist, die ihren Pflichten, in Sorge oder Glück, nachkommt. Eine einzigartige und vertrauenswürdige Frau, und dennoch traut ihr Mann ihr nicht. Warum?'

'Ich hatte diesen Tag damit zugebracht, um Einzelheiten bezüglich des Lebens von Dr. und Mrs. Zabriskie vor dem Tod von Mr. Hasbrouck zusammenzutragen.'

'Aus bestimmten Quellen, deren Nennung hier unklug wäre, habe ich erfahren, dass Mrs. Zabriskie keinen Mangel an Feinden hatte, die bereit waren, sie der Koketterie zu beschuldigen.'

'Obwohl sie ihre Würde niemals in der Öffentlichkeit verloren hatte, war von mehr als einer Person zu hören, dass Dr. Zabriskie das Glück hatte, blind zu sein, da die Schönheit seiner Frau ihn nur wenig für die Qual entschädigen könnte, die er erleiden würde, wenn er sähe, wie ihre Schönheit allseits bewundert wird.'

'All dieses Geschwätz ist mehr oder weniger mit Übertreibungen gefärbt, woran ich keinen Zweifel habe.'

'Jedoch, wenn ein bestimmter Name mit diesen Geschichten in Verbindung zu bringen ist, gibt es im Grunde etwas, das daran wahr ist, und es wurde in diesem Fall ein Name genannt, aber ich denke, es lohnt sich nicht, ihn hier zu wiederholen.'

'Obwohl ich abgeneigt bin, die Tatsachen anzuerkennen, ist es ein Name, mit dem Zweifel verbunden sind und leicht für die Eifersucht des Ehemannes verantwortlich sein könnte.'

'Es ist wahr, dass ich niemanden gefunden habe, der es wagt, zu sagen, dass sie immer noch damit fortfährt, Aufmerksamkeit zu erhaschen oder Lächeln in alle Richtungen zu verteilen, ausgenommen dort, wo sie richtigerweise hingehören.'

'An dieser denkwürdigen Nacht, die wir alle kennen, wurden weder Dr. Zabriskie noch seine Frau irgendwo gesehen, ausgenommen im Familienkreis.'

'Aber ist es nicht gerade in dieses Umfeld, wo die Schlange der Verführung, von der ich gesprochen habe, oft eindringt?'

'Es zeigt sich auch nicht das Lächeln des Allmächtigen an solchen Plätzen von Sorge und Leid, noch blüht dort sein Zauber.'

'Und so erweist sich wohl ein Teil meiner Theorie als richtig: Dr. Zabriskie ist eifersüchtig auf seine Frau.'

'Ob aus gutem oder schlechten Grund bin ich nicht in der Lage zu entscheiden. Ihre augenblickliche Haltung, getrübt durch die Tragödie, von der sie und ihr Mann betroffen sind, muss sehr von der abweichen, die sie hatte, als ihr Leben nicht von Zweifeln überschatten war und ihre Bewunderer sehr zahlreich waren.'

'Heute habe ich herausgefunden, wo Harry steckt. Da er einige Meilen den Fluss hoch eine Anstellung hat, muss ich meinen Posten für mehrere Stunden verlassen, aber ich denke, dass dies der Mühe wert ist.'

'Schließlich kam Licht am Ende des Tunnels. Ich habe Harry gesehen und durch Maßnahmen, die nur der Polizei bekannt sind, zum Reden gebracht. Seine Geschichte ist im Wesentlichen diese:'

'An dieser so oft schon erwähnten Nacht packte er um acht Uhr den Handkoffer seines Herrn. Dann rief er um zehn eine Kutsche und fuhr mit dem Doktor zur 29. Straße. Dort wurde ihm gesagt, Fahrkarten nach Poughkeepsie zu kaufen, wohin man seinen Herrn gerufen hatte.

Als er dies erledigt hatte, eilte er zurück auf den Bahnsteig zu seinem Herrn.'

'Sie waren zusammen bis zu den Waggons gegangen und Dr. Zabriskie wollte gerade einsteigen, als sich ein Mann hastig zwischen sie drängte und seinem Herrn etwas ins Ohr flüsterte.'

'Dies hatte zur Folge, dass er nach hinten fiel und seinen Halt verlor.'

'Der Körper von Dr. Zabriskie rutschte halb unter den Waggon, aber er wurde wieder herausgezogen, bevor etwas passiert war.'

'In diesem Moment ruckten die Waggons an, was ihn außerordentliche Angst gemacht haben musste, denn sein Gesicht, als er sich wieder erhob, war völlig weiß.'

'Als Harry ihm wieder dabei helfen wollte, in den Zug einzusteigen, weigerte er sich, das zu tun, und sagte, dass er nach Hause zurückkehren und nicht versuchen würde, noch in dieser Nacht nach Poughkeepsie zu fahren.'

'Der Gentlemen, den Harry nun als Mr. Stanton erkannte, war ein enger Freund von Dr. Zabriskie. Er lächelte sehr seltsam, nahm den Arm des Doktors und führte ihm von Waggon weg.'

'Natürlich wollte Harry ihnen folgen, aber der Doktor, der seine Schritte hörte, drehte sich herum und sagte ihm in einem sehr gebieterischen Ton, den Pferde-Omnibus nach Hause zu nehmen.'

'Und dann, als hätte er nochmals darüber nachgedacht, forderte er ihn auf, an seiner Stelle nach Poughkeepsie zu gehen, um dort den Leuten zu erklären, dass er zu durcheinander sei wegen seines Unfalls auf dem Weg zur Arbeit, und dass er am nächsten Morgen zu ihnen kommen würde. Das erschien Harry sehr seltsam, aber er hatte keinen Grund, den Anweisungen seines Herrn nicht zu gehorchen, und so fuhr er nach Poughkeepsie.'

'Der Doktor war ihm aber am nächsten Tag nicht gefolgt, ganz im Gegenteil. Er telegrafierte ihm, dass er zurückkehren sollte, und als er zurückkam, entließ er ihn mit einem weiteren Monat Gehalt.'

'Das beendete die Verbindung von Harry mit der Zabriskie-Familie.'

'Eine einfache Geschichte, die nur das hergibt, was seine Frau uns schon gesagt hatte. Sie lieferte aber eine Verbindung, die sich als unschätzbar erweisen könnte.'

'Mr. Stanton, dessen Vorname Theodore ist, kennt den wahren Grund, warum Dr. Zabriskie in der Nacht des 17. Juli 1851 nach Hause zurückgekehrt ist, und deswegen muss ich Mr. Stanton sehen, und das wird meine Aufgabe für morgen sein.'

'Schachmatt! Theodore Stanton ist nicht in diesem Land. Obwohl ich ihn als den Mann identifiziert habe, von dem Dr. Zabriskie die Pistole bekommen hatte, unterstützt es nicht meine Arbeit, die immer schwieriger geworden ist.'

'Der Aufenthaltsort von Mr. Stanton ist nicht einmal seinen besten Freunden bekannt. Er ist am 18. Juli vor einem Jahr ganz unerwartet mit dem Schiff weggefahren. *Das war der Tag nach dem Mord an Mr. Hasbrouck.*'

'Es sieht wie eine Flucht aus, besonders, da er keine Kommunikationswege offen gehalten hat, selbst für seine engsten Verwandten nicht.'

'War er der Mann, der Mr. Hasbrouck erschossen hat? Nein, aber er war der Mann, der in dieser Nacht die Pistole in die Hände von Dr. Zabriskie gelegt hatte.'

'Egal, ob er dies mit Absicht getan hatte oder nicht, war er offensichtlich über die dann folgende Katastrophe so aufgeschreckt worden, dass er den ersten hinausfahrenden Dampfer nach Europa genommen hatte.'

'Soweit ist dies alles klar, aber es gibt immer noch Rätsel, die gelöst werden müssen und die mein äußerstes Fingerspitzengefühl erfordern.'

'Was ich jetzt herausfinden musste:'

'Wer war der Gentleman, mit dessen Namen Mrs. Zabriskie in Zusammenhang gebracht wurde? Ich musste sehen, ob ich ihn irgendwie mit Mr. Stanton oder den Ereignissen in dieser Nacht in Verbindung bringen konnte.'

'Heureka!* Ich habe herausgefunden, dass Mr. Stanton einen tödlichen Hass gegenüber einem bestimmten, wie oben erwähnten Gentleman gehegt hatte. Es war ein verborgen gebliebenes Gefühl, dafür aber nicht weniger tödlich. Während es ihn selbst nie zu etwas Außergewöhnlichen veranlasst hatte, war es die treibende Kraft, die für viele unerklärliche Missgeschicke verantwortlich waren, die diesem Gentleman passierten.'

[* Altgriechisch, freudiger Ausruf – ich habe es gefunden]

'Nun, wenn ich beweisen kann, dass er der Mephistos war, der die Andeutungen in das Ohr des blinden Faust geflüstert hatte, könnte ich auf eine Tatsache stoßen, die mich aus diesem Irrgarten herausführen wird.'

'Wie kann ich aber Geheimnisse untersuchen, die so delikat sind, ohne die Frau zu kompromittieren, die ich respektieren will, und wenn es nur die zuneigende Liebe ist, die sie gegenüber ihrem unglücklichen Ehemann empfindet.'

'Ich werde mich an Joe Smithers wenden müssen. Das ist etwas, was ich immer hasse zu tun, aber so lange er das Geld nimmt und dafür die richtigen Mittel findet, die Wahrheit von den Leuten herauszubekommen, die ich sonst nicht bekommen kann, so lange muss ich mich seiner Geldgier und seinem Genie bedienen.'

'Auf eine Weise ist er aber ein ehrenwerter Bursche und schwätzt nicht mit dem herum, was er für unsere Zwecke herausgefunden hat.'

'Wie wird er in diesem Fall vorgehen und mit welcher Taktik wird er die sehr delikaten Informationen bekommen, wie wir brauchen? Ich muss zugeben, dass ich gespannt darauf bin, das zu sehen.'

'Ich muss wirklich die Ereignisse in dieser Nacht in voller Länge wiedergeben:'

'Ich wusste immer, dass Joe Smithers für die Polizei unschätzbar wertvoll war, aber ich wusste wirklich nicht, dass er auch Talente von solch hoher Qualität hatte. Er hatte mir heute Morgen geschrieben, dass es ihm gelungen war, das Versprechen von Mr. T ___ zu bekommen, den Abend mit ihm zu verbringen.'

'Er informierte mich auch darüber, dass ich, wenn ich auch anwesend sein wollte, einen Flaschenöffner mitbringen sollte, *weil sein Diener nicht zu Hause sein würde.*'

'Da ich sehr gespannt darauf war, Mr. T ___ mit meinen eigenen Augen zu sehen, nahm ich die Einladung an, den Spion des Spions als sein Diener zu spielen, und ging zur rechten Stunde in die Wohnung von Mr. Smithers, die sich im University Building befindet.'

'Ich empfand sie als äußerst malerisch. Ein Stapel von Büchern, die überall bis an die Decke angehäuft waren, schufen Winkel und Ecken, die man gut mit ein paar alten Bildern auf Staffeleien verdecken konnte und die nach Lust und Laune des Besitzers umgestellt werden konnten.'

'Da ich die dunklen Schatten schätzte, die von diesen Bildern geworfen wurden, zog ich sie beide hervor und brachte sie in eine andere Anordnung, die mir geeignet erschien, die Absicht, die ich im Sinn hatte, zu unterstützen.'

'Dann setzte ich mich hin und wartete auf die beiden anderen Gentlemen, die zusammen kommen sollten.'

'Fast sofort erschienen sie, woraufhin ich mich erhob und meine Diener-Rolle mit aller gebotenen Diskretion spielte.'

'Während ich Mr. T ___ aus seinem Übermantel half, blickte ich verstohlen in sein Gesicht. Es war kein schönes, aber es hatte einen heiteren, sorgenfreien Anblick, der es zweifelsohne für viele Frauen gefährlich macht.'

'Seine Manieren waren besonders anmutsvoll und seine Stimme war die reichste und überzeugendste, die ich jemals gehört hatte.'

'Ich verglich ihn – fast gegen meinen Willen – mit Dr. Zabriskie, und entschied für mich, dass bei den meisten Frauen die Faszination des Sprechens und Verhaltens von Ersterem, die große Schönheit und mentale Gabe von Letzterem mehr als aufwiegen würde, aber ich zweifelte daran, dass es bei ihr so sein würde.'

'Die Unterhaltung, die sofort begann, war brillant, aber planlos, denn Mr. Smithers sprang von Thema zu Thema, mit einer großen Leichtigkeit, für die man ihn kennt. Vielleicht geschah dies auch mit der Absicht, die Vielseitigkeit von Mr. T ___ aufzuzeigen.'

'Möglicherweise gab es auch einen tieferen und finstereren Zweck, das Kaleidoskop des Gesprächs so sehr durchzuschütteln, sodass das eigentliche Thema, für dessen Diskussion wir uns getroffen hatten, keinen ungünstigen Eindruck auf die Empfindungen unseres Gastes machte.'

'In der Zwischenzeit, nachdem zwei oder drei Flaschen ausgetrunken waren, sah ich, dass die Augen von Joe Smithers ruhiger wurden, und die von Mr. T ___ wurden glänzender und unsicherer.'

'Als die letzte Flasche ihre Wirkung zeigte, warf mir Joe einen bedeutungsvollen Blick zu, und die eigentliche Arbeit des Abends begann.'

'Ich will hier nicht versuchen, das halbe Dutzend von Fehlschlägen aufzuzählen, die Joe hatte, bei dem Versuch, die Fakten zu entlocken, nach denen wir suchten, ohne dabei den Verdacht des Besuchers zu wecken.'

'Ich beschränke mich deshalb nur auf den erfolgreichen Versuch.'

'Sie unterhielten sich nun schon seit einigen Stunden, und ich, der schon lange zuvor aus ihrer unmittelbaren Umgebung weggewunken worden war, versteckte meine Neugier und wachsende Aufregung hinter einem der Bilder, als ich Joe plötzlich über mich sagen hörte:'

'»Er hat das beeindruckendste Gedächtnis, auf das ich jemals getroffen bin. Er kann auf den Tag sagen, wann ein bedeutendes Ereignis stattgefunden hat.«'

'»Pah!«, antwortete sein Gegenüber, der sich, nebenbei gesagt, selbst für sein eigenes Gedächtnis für Daten rühmt.'

'»Ich kann sagen, wo ich hingegangen bin und was ich getan habe, für jeden Tag im Jahr«, sagte er. »Das muss nicht nur Tage einschließen, die sie für bedeutende Ereignisse rühmen, aber das Gedächtnis, das man für ganz allgemeine Dinge braucht, ist umso bemerkenswerter, ist es nicht so?«'

'»Ach was!«, war die Antwort seines Gegenübers, »das ist doch nur ein Bluff. Das kann ich niemals glauben.«'

'Mr. T ___, der zu diesem Zeitpunkt in den Zustand des Betrunkenseins gekommen war, der Ausdauer bei einer Behauptung zu einer Pflicht macht und auch zu einer Freude, warf seinen Kopf zurück, als die Rauchkringel in Luftspiralen von seinen Lippen in die Luft hochstiegen und wiederholte seine Aussage.'

'Er bot an, sich jedem Test seiner berühmten Kräfte zu stellen, zu den ihm der andere auffordern würde.'

'»Sie haben ein Tagebuch« – begann Joe.'

'»Das zu Hause liegt«, vervollständigte der andere.'

'»Werden Sie mir erlauben, morgen darauf zurückzukommen, wenn ich Zweifel an der Genauigkeit ihrer Erinnerungen habe?«'

'»Selbstverständlich«, gab der andere zurück.'

'»Nun, dann wette ich mit Ihnen um einen Fünfziger, dass Sie mir nicht sagen können, wo sie an einer bestimmten Nacht, die ich nennen werde, zwischen zehn und elf Uhr gewesen sind.«'

'»Abgemacht«, rief der andere, der seine Brieftasche herausholte und auf den Tisch vor ihm legte.'

'Joe folgte seinem Beispiel und dann rief er mich zu sich.'

'»Schreib hier ein Datum drauf«, befahl er und schob mir ein Stück Papier entgegen, mit einem Blick, der so scharf war wie das Aufblitzen einer Klinge.'

'»Irgendein Datum, Mann«, forderte er mich nochmals auf, weil es den Anschein hatte, dass ich vor Verlegenheit zögerte, wie es natürlich unter diesen Umständen für einen Diener sein sollte. »Schreib den Tag, den Monat und das Jahr auf, geh aber nur nicht zu weit zurück, nicht weiter als zwei Jahre.«'

'Ich lächelte mit dem Ausdruck eines Lakaien, der zum Sport seiner Oberen zugelassen wurde. Ich schrieb eine Zeile und legte sie Mr. Smithers vor, der sie sofort mit einer achtlosen Geste seinem Gast entgegen schob.'

'Sie können sich natürlich denken, welches Datum ich ausgewählt hatte: *den 17. Juli 1851.*'

'Mr. T ___ , der diese Sache bisher offensichtlich als reines Spiel angesehen hatte, wurde tiefrot im Gesicht, als er diese Nachricht las, und für einen Moment schaute er so aus, als würde er lieber aus unserer Gesellschaft davonrennen, als dem lässigen und prüfenden Blick von Joe Smithers zu antworten.'

'»Ich habe mein Wort gegeben und ich werde es halten«, sagte er schließlich, aber mit einem Blick in meine Richtung, der mich widerstrebend zurück in meinen Zufluchtsort schickte.'

'»Ich nehme nicht an, dass Sie Namen hören wollen«, fuhr er fort. »Das heißt, wenn irgendetwas, was ich sagen soll, delikater Natur ist.«'

'»Nein, antwortete der andere, nur Tatsachen und Orte.«'

'»Ich glaube auch nicht, dass Orte notwendig sind. Ich werde Ihnen sagen, was ich gemacht habe, und das muss Ihnen reichen. Ich habe nicht zugesagt, Straße und Hausnummer zu nennen.«'

'»Nun denn«, rief Joe aus. »Verdienen Sie sich ihre Fünfzig, das ist alles. Zeigen Sie uns, dass Sie sich erinnern, wo Sie in der Nacht von – «'

'Mit einer höchst bewundernswerten Zurschaustellung von Gleichgültigkeit tat er so, also würde er erst wieder auf den zwischen ihnen liegenden Zettel schauen müssen – der 17. Juli 1851, und ich bin zufrieden.«'

'»Zum einen war ich im Klub«, sagte Mr. T ___ . »Dann bin ich zu einer Freundin gegangen, wo ich bis elf Uhr geblieben bin. Sie trug ein blaues Musselin – «'

'»Was war das?«, schreckte er plötzlich zurück.

'Ich hatte mich selbst durch eine hektische Bewegung verraten, die ein Trinkglas zu Boden schickte. Helen Zabriskie hatte ein blaues Musselinkleid in derselben Nacht getragen. Ich habe dies bemerkt, als ich auf dem Balkon gestanden hatte und sie und ihren Mann beobachtete.'

'»Dieses Geräusch?«' 'Es war Joe, der jetzt sprach.

»Sie kennen meinen Diener Reuben nicht so gut wie ich, sonst hätten Sie nicht gefragt. Es ist eine Gewohnheit von ihm, wie ich leider sagen muss, dass er seine Freude, wenn er meine Flaschen austrinkt, damit betont, dass er nach jeder dritten ein Glas fallen lässt.«'

'Mr. T ___ fuhr fort: »Es war eine verheiratete Frau, und ich dachte, sie liebt mich, aber – und das ist der größte Beweis, den ich Ihnen anbieten kann, dass ich die Wahrheit über diese Nacht sage – sie hatte nicht die geringste Ahnung von meiner Leidenschaft. Sie hatte nur eingewilligt, mich zu sehen, das arme Ding, weil sie dachte, dass ein Wort von ihr mich zur Vernunft bringen und sie von einer allgemeinen Aufmerksamkeit befreien würde, die schnell anstößig geworden war.«'

'»Diese strikte Ablehnung gibt wohl ein bedauerliches Bild ab für einen Burschen, der seine Erfolge hatte. Sie haben mich aber am abscheulichsten Datum in meinem Kalender erwischt, und – «'

'Hier hörte er auf, interessant zu sein, und ich will meine Zeit nicht damit verschwenden, ihn weiter zu zitieren.'

'Und nun, was soll ich als Antwort geben, wenn mich Joe Smithers das nächste Mal fragt, den üblichen Preis zu verdoppeln', was er mit Sicherheit tun wird. Aber hat er sich nicht einen Vorschuss verdient? Ich denke das wirklich.'

'Ich habe den ganzen Tag damit zugebracht, die Fakten zu verbinden, die ich gesammelt hatte, um sie gleichsam mit meinem Verdacht in einen Gesamtzusammenhang zu bringen, der meine Theorie in ein vorteilhaftes Licht bei meinen Vorgesetzten bringen würde.'

'Gerade als ich mich für ihre Fragen gewappnet sah, erhielt ich eine Aufforderung, zu ihnen zu kommen, wo man mir eine Aufgabe übertrug, die so außergewöhnlicher und unerwarteter Natur war, dass es meine Pläne für die Aufklärung des Zabriskie-Rätsels zunächst vollkommen aus meinem Gedächtnis verdrängte.'

'Es ging um nicht mehr oder weniger als eine Gruppe anzuführen, die zu den Jersey Heights gehen sollte, um dort die Fähigkeiten von Dr. Zabriskie mit der Pistole zu überprüfen.'

III.

Der Grund für diesen plötzlichen Schritt wurde mir bald erklärt. Mrs. Zabriskie, die bestrebt war, dem augenblicklichen Zustand ein Ende zu setzen, hatte um eine striktere Untersuchung des Geisteszustands ihres Mannes gebeten.

Dem wurde zugestimmt. Es fand eine strenge und unvoreingenommene Befragung statt, mit einem Ergebnis, das so ähnlich war wie das, welches der ersten Untersuchung folgte.

Drei von vier Vernehmungsbeamten hielten ihn für verrückt und konnten von ihrer Meinung nicht abgebracht werden, obwohl der junge Facharzt, der in dem Haus mit ihm lebte, zu einem entgegengesetzten Urteil gekommen war.

Dr. Zabriskie schien ihre Gedanken lesen zu können und war heftig erregt, als er um eine Gelegenheit bat, bei der er seinen gesunden Verstand durch seine Fähigkeiten beim Schießen zeigen konnte.

Dieses Mal wurde eine Verfügung erlassen, seinem Wunsch zu entsprechen.

Als Mrs. Zabriskie dies zur Kenntnis genommen hatte, äußerte sie sofort die Bitte, dass damit die Sache endgültig erledigt ist.

Es wurde sofort eine Pistole besorgt, aber als sie diese sah, verließ sie der Mut. Zuerst bat sie, dann flehte sie darum, dass das Experiment auf den nächsten Tag verlegt und dann in einem Wald stattfinden sollte, weg von den Blicken und dem Gehör unnötiger Zuschauer.

Obwohl es schlauer gewesen wäre, die Sache an Ort und Stelle zu erledigen, war der Oberinspektor bereit, auf ihre Bitten zu hören, und so kam es, dass ich zu einem Zuschauer wurde, wenn nicht sogar ein Teilnehmer bei der finalen Szene dieses höchst düsteren Dramas.

Es gibt Ereignisse, welche das menschliche Denken so tief beeindrucken, dass die Erinnerung daran sich mit allen kommenden Erfahrungen vermischt und, obwohl ich es mir zur Regel gemacht habe, die tragischen Episoden, mit denen ich fortwährend zu tun habe, so bald wie möglich zu vergessen, gibt es eine Szene in meinem Leben, die mir nicht aus dem Sinn gehen will.

Es ist der Anblick, der sich mir vom Bug des kleinen Boots aus bot, in dem Dr. Zabirske und seine Frau an diesem denkwürdigen Tag rüber nach Jersey gerudert wurden. Obwohl es keineswegs spät am Tag war, ging die Sonne bereits unter. Der helle rote Glanz, der den Himmel erfüllte und voll auf die Gesichter von einem halben Dutzend Personen vor mir schien, fügte der tragischen Natur dieser Szene viel hinzu, obwohl wir weit davon entfernt waren, deren volle Bedeutung zu erfassen.

Der Doktor saß mit seiner Frau im Heck, und es waren ihre Gesichter, auf die sich mein Blick richtete. Das glänzende Licht schien in grässlicher Weise auf seine blinden Augäpfel, und als ich seine Augenlider betrachtete, die nicht blinzelten, erkannte ich wie nie zuvor, wie es war, blind zu sein, mitten im Sonnenschein.

Im Gegensatz dazu waren ihre Augen nach unten gesenkt, aber da gab es einen Ausdruck hoffnungslosen Kummers in ihrem farblosen Gesicht, der ihre Erscheinung ungeheuer pathetisch machte.

Ich war mir sicher, dass er, wenn er sie nur hätte sehen können, sein kaltes und teilnahmsloses Benehmen nicht aufrechterhalten hätte, welches die Worte auf ihren Lippen abkühlte und alle Annäherungsversuche auf ihrer Seite unmöglich machte.

Auf dem Sitz vor ihnen saßen der Inspektor und ein Arzt, und aus einer Ecke, möglicherweise unter dem Mantel des Inspektors, kam das monotone Ticken einer Tischuhr, die, wie man mir sagte, als Schießscheibe für den blinden Mann dienen sollte.

Das Ticken war alles, was ich hören konnte, obwohl uns die Geräusche und der Trubel des starken Verkehrs auf allen Seiten bedrängte.

Ich bin mir auch sicher, dass es auch alles war, was sie hörte.

Mit der Hand gegen ihr Herz gepresst und mit ihren Augen auf das gegenüberliegende Ufer gerichtet, wartete sie auf das Ereignis, das bestimmen sollte, ob der Mann, den sie liebte, ein Krimineller war oder nur von Gott heimgesucht wurde und wert ihrer unaufhörlichen Zuwendung und Hingabe.

Als die Sonne ihren letzten scharlachroten Strahl über das Wasser warf, berührte das Boot den Grund und es war einer meiner Aufgaben, Mrs. Zabriskie ans Ufer zu geleiten. Dabei erlaubte ich mir zu sagen: »Ich bin ihr Freund, Mrs. Zabriskie«, und war erstaunt zu sehen, wie sie zitterte und sich zu mir hindrehte, mit einem Blick wie von einem sich fürchtenden Kind.

Es gab aber bei ihr schon immer diese charakteristische Vermischung des Kindischen und des Ernsten in ihrem Antlitz, das man oft in den Gesichtern von Nonnen sehen kann. Es schaffte darüber hinaus auch ein Gefühl des Mitleids für diese wunderschöne, aber geplagte Frau. Ich ließ den Augenblick vorüberziehen, vielleicht ohne ihm die Bedeutung beizumessen, die er verdient hätte.

»Der Doktor und seine Frau hatten letzte Nacht ein langes Gespräch«, flüsterte man mir ins Ohr, als wir uns auf unserem Weg durch den Wald schlängelten. Ich drehte mich um und nahm auf meiner Seite den sachverständigen Arzt wahr, dessen Tagebuchaufzeichnungen ich bereits wiedergegeben habe. Er war mit einem anderen Boot herübergekommen.

»Es schien aber nichts von welchem Bruch auch immer heilen zu können, der zwischen ihnen liegt«, fuhr er fort.

Dann fragte er in hastigen und neugierigen Ton: »Glauben Sie, dass sich dieser Versuch von ihm als nichts anderes herausstellen wird als nur eine Farce?«

»Ich glaube, er wird die Uhr mit seinem ersten Schuss in Stücke zerschmettern«, antwortete ich und konnte dem nicht mehr hinzufügen, da wir bereits das Gelände erreicht hatten, das für diesen Test mit der Waffe ausgewählt worden war und die verschiedenen Mitglieder der Gruppe schon an ihre vorgesehenen Plätze gebracht wurden.

Der Doktor, für den Licht und Dunkelheit keinen Unterschied machte, stand mit seinem Gesicht in Richtung des untergehenden westlichen Sonnenscheins.

An seiner Seite standen der Inspektor und zwei Ärzte. Der eine von ihnen trug den Übermantel von Dr. Zabriskie auf seinem Arm, den er ausgezogen hatte, als er zu dem Gelände gekommen war.

Mrs. Zabriskie stand am anderen Ende der Lichtung in der Nähe von einem großen Baumstumpf. Man hatte entschieden, die Uhr dort aufzustellen, wenn der Moment gekommen war, an dem der Doktor seine Fähigkeiten beweisen sollte.

Ihr wurde das Privileg überlassen, die Uhr auf den Stumpf zu stellen, und ich sah, wie sie in ihrer Hand glänzte, als sie für einen Moment innehielt, um zu dem Kreis der Männer zurückzusehen, die ihre Schritte beobachteten.

Die Zeiger der Uhr standen auf fünf vor fünf Uhr, obwohl ich die Zeit kaum wahrgenommen hatte, denn ihre Augen waren auf mich gerichtet, und als sie an mir vorbeiging, sprach sie:

»Wenn er nicht bei Sinnen ist, dann kann man ihm nicht trauen. Beobachten Sie ihn sorgfältig und sehen Sie zu, dass er kein Unheil für sich oder die anderen anrichtet. Gehen Sie zurück auf seine rechte Seite und halten Sie ihn auf, wenn er die Pistole nicht richtig handhabt.«

Ich versprach es und sie ging weiter und stellte die Uhr auf den Stumpf.

Danach bewegte sie sich weg in eine entsprechende Entfernung auf der rechten Seite. Dort stand sie dann ziemlich allein, eingewickelt in ihren langen dunklen Mantel.

Ihr Gesicht erschien gespenstig weiß, sogar in dieser Umgebung von schneebedeckten Ästen, die um sie herum waren. Ich bemerkte dies und wünschte mir, dass weniger Minuten zwischen dem jetzigen Augenblick und fünf Uhr liegen würden, wo der den Abzug betätigen sollte.

»Dr. Zabriskie«, sprach der Inspektor, »wir haben versucht, diesen Test sehr fair zu gestalten. Sie haben einen Schuss auf eine Tischuhr, die auf eine passende Distanz aufgestellt worden ist. Wir wollen sehen, ob sie diese treffen, nur geleitet von dem Klang, den sie abgibt, wenn sie fünf Uhr schlägt. Sind Sie damit zufrieden?«

»Voll und ganz. Wo ist meine Frau?«

»Auf der anderen Seite des Geländes, ungefähr zehn Schritte von dem Baumstumpf entfernt, auf den Uhr hingestellt wurde.«

Er verbeugte sich und sein Gesicht strahlte Zufriedenheit aus.

»Kann ich erwarten, dass die Uhr bald schlägt?«

»In weniger als fünf Minuten«, war die Antwort.

»Dann geben Sie mir die Pistole. Ich möchte mich mit ihrer Größe und dem Gewicht vertraut machen.«

Wir schauten uns alle an und blickten dann rüber zu ihr.

Sie machte eine Geste, die Zustimmung signalisierte.

Sofort legte der Inspektor die Waffe in die Hand des blinden Mannes. Man konnte sofort sehen, dass der Doktor mit dem Instrument umgehen konnte und es verschwand mein letzter Zweifel an der Wahrheit von alledem, was er uns erzählt hatte.

»Ich danke Gott, dass ich in dieser Stunde blind bin und *sie* nicht sehen kann«, kam es unbewusst von seinen Lippen.

Dann, noch bevor das Echo dieser Worte meine Ohren verlassen hatte, erhob er seine Stimme. Er wirkte recht gelassen, wenn man bedenkt, dass er gerade dabei war zu beweisen, dass er ein Krimineller ist, um sich davor zu bewahren, dass man ihn als einen Verrückten betrachtet.

»Keiner soll sich bewegen. Ich muss meine Ohren frei haben, um den ersten Schlag der Uhr zu hören.«

Dann erhob er die Pistole vor sich.

Es folgte ein Moment von quälender Ungewissheit und eine tiefen, ungebrochene Stille.

Meine Augen waren auf ihn gerichtet, und so betrachtete ich nicht die Uhr.

Plötzlich wurde ich von einem unwiderstehlichen Impuls geleitet und beobachtete, wie sich Mrs. Zabriskie in diesem kritischen Moment verhielt. Ich warf einen schnellen Blick in ihre Richtung und sah, wie ihre große Gestalt von Seite zu Seite wankte, wie unter einer unerträglichen Belastung.

Ihre Augen schauten auf die Uhr, deren Zeiger im Schneckentempo über das Zifferblatt zu schleichen schienen, als ich unerwartet und eine volle Minute bevor der Minutenzeiger den Fünf-Uhr-Schlag erreicht hatte, eine Bewegung von ihr wahrnahm und das Aufblitzen von etwas rundem und weißem sah, das sich für einen Augenblick vor ihrer Brust gegen ihren dunklen Mantel abzeichnete.

Ich wollte dem Doktor eine Warnung zuschreien, als der schrille, schnelle Schlag einer Uhr in den frostigen Abend hinausging, gefolgt von dem Klang und dem Blitz seiner Pistole.

Ein Geräusch von zerschmetterndem Glas, gefolgt von einem unterdrückten Schrei, hatte uns gesagt, dass die Kugel ihr Ziel getroffen hatte.

Aber noch bevor wir uns bewegen oder unsere Augen von dem Rauch abwenden konnten, den der Wind in unsere Gesichter geblasen hatte, kam ein anderer Klang, der uns die Haare zu Berge stehen und das Blut vor Angst in unseren Adern gefrieren ließ.

Eine andere Uhr hatte geschlagen!

Diese Uhr, die wir jetzt erkennen konnten, stand immer noch aufrecht auf dem Baumstumpf, wohin sie Mrs. Zabriskie gestellt hatte.

Woher kam dann die Uhr, die vor der Zeit geschlagen hatte und zerschmettert wurde? Ein schneller Blick sagte uns das. Auf dem Boden, zehn Schritte zur Rechten lag Helen Zabriskie, mit einer zerbrochenen Uhr an ihrer Seite und eine Kugel in ihrer Brust, die das Leben aus ihren süßen Augen herausholte.

Wir mussten es ihm sagen, es gab solch ein Flehen in ihren Augen, und ich werde niemals den Schrei vergessen, der von seinen Lippen kam, als er die Wahrheit erkannte. Er riss sich aus unserer Mitte los, eilte vorwärts und fiel nieder vor ihren Füßen, als wäre er von einem übernatürlichen Instinkt geleitet worden.

»Helen«, kreischte er, »was soll das bedeuten. Habe ich meine Hände noch nicht tief genug in Blut getaucht, dass du mich nun auch noch für dein Leben verantwortlich machst?«

Ihre Augen waren geschlossen, aber sie konnte sie noch einmal öffnen.

Sie schaute lange und fest in sein gequältes Gesicht und sagte mit stockender Stimme:

»Es warst nicht du gewesen, der mich getötet hat, es war dein Verbrechen. Wenn du an dem Tod von Mr. Hasbrouck unschuldig gewesen wärst, hätte diese Kugel mein Herz nie getroffen. Denkst du, ich hätte den Beweis überlebt, dass du den guten Mann umgebracht hast?«

»Ich – ich habe es unabsichtlich getan. Ich – «

»Pst!«, befahl sie ihm mit einem schrecklich aussehenden Blick, den er glücklicherweise nicht sehen konnte. »Ich hatte auch einen anderen Grund. Ich wollte dir beweisen, auch um den Preis meines Lebens, dass ich dich geliebt habe, immer geliebt habe und nicht – «

Es war nun an ihm, sie zum Schweigen zu bringen. Seine Hände krochen über ihre Lippen, und sein verzweifeltes Gesicht drehte sich in seiner Blindheit zu uns hin.

»Geht weg!«, rief er, »verlasst uns! Lasst mich wenigstens von meiner sterbenden Frau Abschied nehmen, ohne Zuhörer und Zuschauer.«

Ich schaute in die Augen des Arztes, der neben mir stand, und als ich darin keine Hoffnung sah, ging ich langsam zurück. Die anderen folgten und der Doktor war mit seiner Frau allein.

Aus einer entfernten Position sahen wir, wie ihre Arme um seinen Hals krochen, sahen, wie ihr Kopf voller Zutrauen auf seine Brust fiel, und dann fiel Stille über sie und die Natur darum herum.

Die anbrechende Abenddämmerung vertiefte sich, bis das letzte Glühen vom Himmel über uns verschwunden war und von der Gruppe der blattlosen Bäume, welche diese Tragödie von der Welt da draußen verschlossen.

Dann kam schließlich eine Bewegung und Dr. Zabriskie stand vor uns auf, mit dem toten Körper seiner Frau, den er dicht an seine Brust gepresst hatte. Er trat uns mit einem Gesichtsausdruck entgegen, so schwärmerisch, dass er fast wie ein vollkommen veränderter Mann aussah.

»Ich werde sie zum Boot tragen«, sagte er. »Keine andere Hand soll sie berühren. Sie war meine treue Frau, meine treue Frau!«

Und er ragte in eine Haltung von solcher Würde und Leidenschaft auf, dass er für einen Moment eine heroische Gestalt angenommen hatte und uns vergessen ließ, dass er uns gerade bewiesen hatte, dass er ein kaltblütiges und grässliches Verbrechen begangen hatte.

Die Sterne waren am Himmel erschienen, als wir wieder unsere Plätze im Boot eingenommen hatten. Wenn schon die Szene bei der Überfahrt nach Jersey beeindruckend gewesen war, was können wir dann erst über die bei unserer Rückkehr sagen?

Der Doktor saß wie zuvor im Heck, eine beeindruckende Gestalt, auf die der Mond mit einem weißen Glanz strahlte, der sein Gesicht aus der umgebenden Dunkelheit herauszuheben schien und es uns in einem Bild von eisigem Schrecken zeigte.

An seine Brust gedrückt hielt er den Körper seiner toten Frau, und immer wieder konnten wir sehen, wie er sich nach vorne beugte, als ob er auf irgendwelche Anzeichen von Leben von ihren geschlossenen Lippen hören würde.

Dann richtete er seinen Kopf auf, mit einer Hoffnungslosigkeit, die sich auf seinen Gesichtszügen abzeichnete, nur um sich dann in erneuter Hoffnung vorzubeugen, die wieder zur Enttäuschung bestimmt war.

Der Inspektor und die uns begleitenden Ärzte hatten ihre Plätze im Bug eingenommen, und mir wurde aufgetragen, über den Doktor zu wachen. Ich machte dies von einem niedrigen Sitz vor ihm aus.

Ich war deshalb so dicht an ihm dran, dass ich sein bemühtes Atmen hörte, und obwohl mein Herz voll vor Ehrfurcht und Mitleid war, konnte ich nicht anders als mich zu ihm hinzubeugen und ihm diese Worte zu sagen:

»Dr. Zabriskie, das Geheimnis ihres Verbrechens, ist nicht länger ein Geheimnis für mich. Hören Sie mir zu und sehen wir, ob ich ihre leidenschaftlichen Gründe nicht verstanden habe, durch die Sie – ein verantwortungsbewusster und gottesfürchtiger Mensch – dazu kamen, ihren Nachbarn umzubringen.«

»Ein Freund von Ihnen, oder so ähnlich wurde er genannt, hatte ihnen seit langer Zeit die Ohren mit Geschichten gefüllt, die dazu angetan waren, Sie misstrauisch gegenüber ihrer Frau zu machen und eifersüchtig auf einen bestimmten Mann, den ich nicht nennen will.«

»Sie wussten, dass ihr Freund einen Groll gegen diesen Mann hegte, und für viele Jahre hatten Sie nur taube Ohren für seine Andeutungen. Aber schließlich entdeckten sie eine Veränderung in dem Verhalten ihrer Frau oder bei den Unterredungen, die ihren eigenen Verdacht erregte. Sie begannen daran zu zweifeln, ob wirklich alles, was ihnen zu Ohren kam, falsch war, und verfluchten ihre Blindheit, die Sie zu einem gewissen Grad hilflos machte.«

»Das Fieber der Eifersucht wuchs und kam an einen Höchstpunkt, als eines Nachts – eine denkwürdige Nacht – ihr Freund sie traf, gerade als Sie gerade dabei waren, die Stadt zu verlassen.«

»Mit grausamer Heimtücke flüsterte er Ihnen ins Ohr, dass der Mann, den Sie hassten, genau in diesem Moment bei ihrer Frau war, und wenn Sie sofort zu ihrem Haus zurückkehren würden, dann könnten sie ihn dort in ihrer Gesellschaft finden.«

»Der Dämon, der in den Herzen aller Männer – gut oder schlecht – lauert, hat völlig von ihnen Besitz ergriffen, und sie haben diesem falschen Freund geantwortet, dass Sie nicht ohne eine Pistole zurückgehen würden.«

»Daraufhin hat er Ihnen angeboten, Sie mit in sein Haus zu nehmen, um Ihnen diese zu geben. Sie hatten zugestimmt, und nachdem Sie ihren Diener mit den von Ihnen vorgebrachten Entschuldigungen nach Poughkeepsie geschickt hatten, sind Sie zusammen mit ihrem Freund in eine Kutsche eingestiegen.«

»Sie haben gesagt, dass Sie die Pistole gekauft hatten, und vielleicht haben Sie das getan. Wie auch immer, Sie haben sein Haus mit der Pistole in der Tasche verlassen. Nachdem Sie seine Begleitung abgelehnt hatten, sind sie nach Hause gelaufen und bei den Kolonnaden ein wenig vor Mitternacht angekommen.«

»Normalerweise haben Sie keine Schwierigkeiten, ihre eigene Türschwelle zu erkennen. Da sie aber äußerst gereizt waren, liefen Sie schneller als gewöhnlich. Deswegen gingen Sie an ihrem Haus vorbei und hielten bei dem von Mr. Hasbrouck an, eine Tür weiter.«

»Da die Eingänge dieser Häuser alle gleich sind, gibt es eigentlich nur einen Weg für Sie, herauszufinden, ob sie zu ihrem eigenen Wohnsitz gekommen sind: Sie müssen nach dem Arzt-Schild an der Seite der Tür tasten. Daran hatten Sie aber nicht gedacht, denn vertieft in dem Gefühl von Rache war es ihr einziger Impuls gewesen, auf dem schnellsten Weg hineinzugehen.«

»Sie nahmen ihren Nachtschlüssel heraus und steckten ihn ins Schloss. Er passte hinein, aber es bedurfte einigen Kraftaufwands, ihn zu drehen. Und so viel Kraft war dabei nötig, dass der Schlüssel dabei verbogen wurde.«

»Dieser Vorfall, der zu einer anderen Zeit ihre Aufmerksamkeit erregt hätte, wurde Ihnen zu diesem Zeitpunkt nicht bewusst. Sie sind hineingekommen und waren dann zu aufgeregt, irgendetwas zu bemerken oder die kleinen Unterschiede zu erkennen, die es bei dem Ambiente und der Möblierung beider Häuser gibt – Kleinigkeiten, die sie unter anderen Umständen leicht bemerkt und Sie veranlasst hätten innezuhalten, bevor sie in das obere Stockwerk gegangen wären.«

»Während Sie nach oben gegangen sind, hatten Sie ihre Pistole genommen, sodass Sie diese zum Zeitpunkt, als Sie zur Zimmertür gekommen sind, mit gespanntem Abzugshahn in ihrer Hand hielten. Da sie blind sind, hatten Sie befürchtet, dass ihr Opfer fliehen würde, und so warteten Sie auf nichts anderes als den Klang einer männlichen Stimme, bevor Sie abdrückten.«

»Als dann der unglückliche Mr. Hasbrouck von dem plötzlichen Eindringen aufgeschreckt worden war und einen Ausruf des Erstaunens von sich gab, betätigten Sie den Abzug und töteten ihn auf der Stelle.«

»Es muss direkt nach seinem Fall auf den Boden gewesen sein, als Sie erkannt hatten, im falschen Haus zu sein und den falschen Mann ermordet zu haben, durch einige Worte, die er von sich gab, oder vielleicht durch die Berührung von etwas in ihrer Umgebung.«

»Wegen eines offensichtlich schlechten Gewissens haben Sie ausgerufen 'Gott!, was habe ich getan!' und sind davongelaufen, ohne sich ihrem Opfer zu nähern.«

»Sie sind die Treppe hinuntergegangen, vom Haus weggerannt, haben die Eingangstür geschlossen und haben ihre eigene Wohnung erreicht, ohne gesehen zu werden.«

»Aber nun waren Sie ratlos, wie sie dem allen entrinnen konnten, denn es gab da zwei Dinge:

Erstens die Pistole, die Sie noch in der Hand hielten, und zweitens, dass ihr Schlüssel, den Sie zur Öffnung ihrer eigenen Tür brauchten, dermaßen verbogen war, dass es sinnlos für Sie gewesen wäre, ihn zu gebrauchen.«

»Was taten Sie in dieser Notlage?«

»Sie haben uns das bereits gesagt, aber die Geschichte erschien zu diesem Zeitpunkt so unwahrscheinlich, dass Sie niemanden gefunden haben, der Ihnen geglaubt hatte, außer ich selbst.«

»Die Pistole, die Sie weit von sich auf den Bürgersteig geworfen hatten, wurde durch einer der seltenen Zufälle, die in dieser Welt passieren, unmittelbar danach von einem späten Fußgänger mit einem mehr oder weniger zweifelhaften Charakter aufgelesen.«

»Die Tür war ein geringeres Problem, als sie es erwarten mussten, denn als Sie sich wieder zu ihr hindrehten, fanden Sie sie, wenn ich nicht völlig falschliege, weit offen vor. Deshalb gibt es Grund zu der Annahme, dass sie so von jemandem zurückgelassen wurde, der ein paar Minuten zuvor aus dem Haus gegangen war, in einem Zustand, wo er nur noch wenig Kontrolle über sich selbst hatte.«

»Es war dieser Umstand, der Ihnen später eine gute Antwort auf die Frage angeboten hatte, wie es Ihnen gelungen sei, mitten in der Nacht in das Haus von Mr. Hasbrouck zu gelangen.«

»Sie waren erstaunt über diesen Zufall, begrüßten aber die Rettung, die er bot.

Sie traten ein und gingen sofort die Treppe hoch zu ihrer Frau.

Und es war von ihren Lippen und nicht von Mrs. Hasbrouck, wo der Schrei herkam, der die Nachbarschaft aufgeschreckt hatte und den Sinn der Menschen auf die tragischen Worte richtete, die einen Moment später aus dem anderen Haus heraus gerufen wurden.«

»Ihre Frau aber, die den ersten Schrei ausgestoßen hatte, wusste nichts von einer Tragödie außer derjenigen, die gerade in ihrer eigenen Brust stattfand.«

»Sie hatte gerade einen niederträchtigen Verehrer zurückgewiesen, und als sie sah, dass Sie so unerwartet hereinkamen, in einem Zustand von unerklärlichem Schrecken und Unruhe, war sie natürlich bestürzt und hatte gedacht, sie würde ihren Geist sehen, oder, was noch schlimmer wäre, einen möglichen Rächer.«

»Sie hingegen, der gerade versagt hatte, den Mann zu töten, den er suchte und dafür versehentlich einen Mann getötet hatte, den er sehr verehrte, konnte selbst durch die ungewöhnliche Überraschung ihrer Frau nicht zu einem falschen Verdacht verleitet werden.«

»Stattdessen versuchten Sie ihre Frau zu beruhigen und ihr sogar die Aufregung zu erklären, unter der Sie litten, durch die Geschichte von ihrem nahen Entkommen eines schlimmen Unfalls am Bahnhof, bis der plötzliche Alarmruf von nebenan ihre Aufmerksamkeit ablenkte und die Gedanken von ihnen beiden in eine andere Richtung gingen.«

»Erst als ihr Bewusstsein halbwegs zurückgekommen war und der Schrecken ihrer Tat Zeit gehabt hatte, sich auf ihre sensible Natur auszuwirken, begannen Sie etwas von diesen vagen Schuldbekenntnissen zu äußern.«

»Da sie aber nicht durch die einzigen Erklärungen unterstützt wurden, die sie hätten glaubhaft machen können, brachten sie sowohl ihre Frau als auch die Polizei dazu, Sie als geistig verwirrt anzusehen. Ihr Stolz als Mann und die Rücksicht auf ihre Frau ließ sie ansonsten schweigen, es konnte aber den Stachel nicht fernhalten, der sich quälend in ihr Herz bohrte.«

»Liege ich nicht recht mit meinen Annahmen, Dr. Zabriskie, und ist es nicht die wahre Erklärung für ihr Verbrechen?«

Mit einem seltsamen Ausdruck hob er seinen Kopf.

»Pst!«, sagte er, »Sie werden sie aufwecken. Sehen Sie doch, wie friedlich sie schläft! Ich möchte nicht, dass sie jetzt aufgeweckt wird, sie ist so müde und ich – ich habe nicht auf sie aufgepasst, wie ich es hätte tun sollen.«

Erschrocken über diese Haltung, seinen Ausdruck und den Klang seiner Stimme zog ich mich zurück.

Für ein paar Minuten konnte man kein Geräusch hören, außer dem stetigen Eintauchen der Ruder und dem Schwappen des Wassers gegen das Boot.

Dann kam eine plötzliche Unruhe vor mir auf, ein Schwanken von etwas Dunklem und Großen und Bedrohlichen.

Noch bevor ich etwas sagen oder mich bewegen konnte oder gar in der Lage war, meine Hände auszustrecken, um ihn zu halten, war der Sitz vor mir leer und Dunkelheit hatte den Platz ausgefüllt, wo er noch zuvor gesessen hatte, eine furchterregende Gestalt, steif und starr wie eine Sphinx.

Das wenige Mondlicht, das da war, ließ uns nur ein paar aufsteigende Blasen sehen, welche die Stelle markierten, wo der Mann mit seiner so geliebten Last untergegangen war.

Wir konnten ihn nicht retten.

Als die größer werdenden Kreise im Wasser immer weiter auseinandergingen, trieb uns die Flut davon weg, und wir verloren den Punkt aus den Augen, wo eine der traurigsten Tragödien endete, welche die Welt je gesehen hatte.

Die Körper wurden nie gefunden. Die Polizei hatte sich selbst entschlossen, der Öffentlichkeit die wahren Tatsachen vorzuenthalten, welche diese Katastrophe zu einer schrecklichen Erinnerung für jeden von uns gemacht hatte, der Zeuge geworden war.

Die Entscheidung, dies zu einem Unfalltod durch Ertrinken zu machen, diente allen Zwecken und schützte dieses unglückliche Paar vielleicht vor einem Rufmord, der die Erinnerungen an sie hätte trüben können.

Es war das Geringste, was wir für die beiden Geschöpfe tun, die von den Umständen so stark geplagt worden waren.

– ENDE –